• 衛斯理小說典藏版 42 •

繼續探險

U0164701

衛斯理
親自演繹衛斯理

《繼續探險》

新之又新的序言，最新的

衛斯理小說從第一次出版至今，歷時已近半世紀，總共出了多少正版，還能計得清，若是連盜版一起算，那就算找外星人來算，也算勿清楚哉！不知能不能也算世界紀錄。

算得清好，算勿清也好，能幾十年來不斷出新版，說明不斷有讀者加入，對作者來說，沒有更值得高興的事了，謝謝所有喜歡衛斯理的人，謝謝謝謝。

倪匡

二〇二〇年六月四日 香港

幾句話

寫了四十多年小說，論者將拙作分為三個時期：早、中、晚。在明窗出版的一批，屬於早期和中期的上半。三個時期的創作風格有相當程度的不同，所以風評不一。本人並無偏愛，但讀友對早期的作品，頗有好評，大抵是由於在早、中期作品之中，主要人物精力充沛，活力無窮，所以使故事曲折多變，小說也就格外吸引。明窗出版社此次重新出版這批作品，正好讓大家來證明這一點。

四十餘年來，新舊讀友不絕，若因此而能有新讀友，不亦快哉！

倪匡

二〇〇五年十一月六日

序言

《探險》和《繼續探險》這兩個故事，全部採用各種各樣的倒叙，如文中一再提及的「拼圖」一樣，逐步逐步把故事拼湊起來。所以在許多情形下，這件事和那件事，看來全然無關，但等到湊在一起之後，才知道大有關係，非此不可，這種情形，十分有趣。基督教《聖經》，羅馬書第八章第二十八節：「我們曉得萬事都互相效力。」正說明了世事相互之間的微妙關係。

絕不能預知前路如何，正是人生的寫照，所以每一個人的一生，也就是一個探險歷程，每人都是探險家，每天都會有新的遭遇，沒有人可以例外。

故事中提到衛斯理的女兒。那個故事中，科學家把猩猩的腦移植到人的頭部，最近報上看到的資料是，科學家把人的腦，移植到了猩猩的頭部，把剪報排在下面：

巴西醫生宣稱有驚人成果

移植人腦組織

猩猩竟會説話

【本報美國航訊】信不信由你，一頭猩猩移植了人的大腦組織後，竟然會與醫生講話。

牠用英語説：「讓我刮鬍子。給我一串香蕉。」

主持這次實驗的帕凱醫生説：「我們感到極之震驚。我們從未想過會有這個結果。」

實驗在巴西進行。捐出大腦組織的是紐約一名股票經紀，他在里約熱內盧旅遊時遇交通意外喪生。

接受移植手術的黑猩猩名查查。帕凱說牠手術後不再搔腋窩，也沒有在身上捉蚤蝨，卻喜歡口叼煙斗，聆聽莫扎特、巴赫的音樂作品。

帕凱說：「捐獻者是華爾街出色的經濟分析員，他的智慧顯然已移植給查查，這是一個不可思議的發展。」

他說：「這次巨大成功後，我敢說在數年內我們可在人類之間進行腦部移植手術。」

不過一些醫學界人士對此仍抱懷疑態度。亞特蘭大著名的腦科專家路易斯說：「在親自檢查該黑猩猩前，我不會作出任何評論。無論如何，若該次手術的確是成功的，它將徹底改變未來腦部外科手術的方向。那就是說二〇〇〇年前腦部移植已變成平常事。」

可知腦子，是生命的主宰！

衛斯理（倪匡）

一九九〇年十二月九日

目錄

目錄

第一部

前言和戲言和遺言

《繼續探險》自然是《探險》的繼續。

像這種兩本書的故事相互間有聯繫的情形，以前也曾出現過，在衛斯理故事中的《錯手》和《真相》、亞洲之鷹故事中的《死結》和《解開死結》、原振俠傳奇中的《愛神》和《尋找愛神》等等。

把一個故事分成兩部分來敘述，和把一個故事分為上下冊，略有分別。在衛斯理故事之中，硬分成了上下冊的有《藍血人》和《回歸悲劇》、《地底奇人》和《衛斯理與白素》等等，那是舊作寫得太長，重新製作出版時覺得太厚，所以才不得已一分為二的，那是「無心插柳」，和「有意栽花」不同。

《探險》和《繼續探險》採用的敘述手法，是採用了許多回憶，追索往事的片斷，再一點一點拼湊起來，弄明白一件巨大的隱秘。不但書中每一個段落可以自成一段，而且，各位可以發現，就算前後次序弄亂了，也不要緊，隱秘的真相是逐點逐點暴露出來的，先暴露了哪一點哪一面，並不重要。

整個故事的中心人物，自然是白老大和白素兄妹的母親。經過了許多日子的探索，各方面所得資料的彙集，似乎並不是將謎團一層一層剝了開來，而是一頭栽進了謎團之中，愈來愈深，再也走不出來了。

但是我、白素和白奇偉，卻還是不死心，一有機會就聚在一起，討論種種疑點，而且，也變成了我們三人和白老大之間的暗中「鬥法」，所有的秘密，對白老大來說，自是了然於胸，他一言不吐，我們就是要從另外的途徑，把謎團揭開。

好了，前言表過，繼續探險，還是先從紅綾說起。

紅綾這個在苗疆發現的女野人，我一再說了，她是故事中一個意想不到的重要關鍵人物，可是又一點口風也沒有透露過，是的，露了口風，故事看起來，就不是那麼有趣味了，而且，千真萬確，直到這個故事開始的時候，我也還根本沒有想到，紅綾這個女野人，會是這樣子的。

《繼續探險》開始的時候，和《探險》開始的時候，其實只相差十來天。《探險》開始的時候，白素從苗疆回來，帶來了記錄紅綾在苗疆藍家峒生活的錄影帶，我看到她一身長毛脫盡之後，開始學言語，被打扮成了苗女之後，濃眉大眼，是一個英姿颯爽的漂亮姑娘，接着，就一件件，一樁樁，回憶起往事來了。

等到回憶往事告一段落，再繼續看錄影帶，由於愈看愈有興趣，終於廢寢忘食，什麼別的事也不做，花了十多天時間，把所有的錄影帶，一口氣看完了。

在這十來天之中，白素大多數時間，和我一起，但也有時不在，我由於看得出神，也沒有問她去幹什麼，她也沒有向我提起。

溫寶裕他們，有時也來和我一起，看得嘖嘖稱奇之餘，自然也有不少辯論。

等我終於看完了所有的錄影帶之後，熒光屏上，是雜亂無章的閃動的點和線，發出毫無意義的「沙沙沙」的噪音。可是我的腦中，卻比這種情形，還要凌亂，簡直無法集中精神去思索。我先勉力令自己鎮定下來——方法是一口喝下了一杯放在攝氏零下二十度的冰庫之中，冷凍成了糖漿狀的烈酒伏特加。待得一股冰涼的冷泉，直趨丹田，再化為一股暖意，流向四肢百骸之後，我才長長地吁了一口氣，閉上眼睛。

雖然閉上了眼睛，但是眼前仍然有許多彩色絢爛的影子在跳動，出現得最多的，自然還是紅綾的圓臉，和她的濃眉大眼。

沒有必要敘述這一百五十多卷錄影帶的詳細內容，可是也必須約略提上一提。

紅綾在完全脫離了「野人」的外形之後，她的野人本質，也在起迅速和劇烈的變化。首先，是她學習正常人生活的速度極快，尤其是在語言方面，吸收和學習的速度，更是驚人——只要聽上一遍兩遍，馬上就記住了，而且就能正確的運用。

這證明她有過人的領悟力和記憶力，也就是說，她的智商極高。

白素不但近乎貪得無厭地教她講話——除了白素教她的話之外，她又很快地在苗人那裏，學會了「布努」，那時，她已完全和苗女生活在一起，根本看不出她曾是一個女野人，苗人也對她完全沒有了顧忌。

白素和十二天官還教她武功，這一點，更是完全符合紅綾的天分，紅凌力大無窮，縱躍如飛，在武學上的進境之快，更是令人難以相信——就像武俠電影中的情節一樣，在一連串的交替鏡頭之下，已經練成了絕世武功，可以下山行道了。

這一部分情形，特別令我感嘆。因為精嫻中國武術的人已然不多，原因之一，就是因為學中國武術，必須經過一個十分刻苦，而且十分漫長的訓練過程，還要習武者有好的天分和筋骨，才能達到「有所成」的階段。不然，就算十年八年勤練不輟，只怕到頭來，也至多落得一個可以在武術表演中得獎的結果。

這種情形，和現代社會早已脱了節。所以，像良辰美景她們的出現，又發現了十二天官，雖然證明了天下之大，無奇不有，什麼樣臥虎藏龍的人物都有，但總已是奇蹟了。

可是，如今卻又有了紅綾這樣奇蹟中的奇蹟。

看紅綾在練武，跳縱如飛，撲擊凌厲，再困難的動作，對她來説，比拿筷子夾食物還容易——確然，拿筷子，她反而學了相當久，焦躁起來，順手一捏，就捏斷了不知多少對粗大的竹筷子。

白素也灌輸她別的知識，向她講述外面的世界，弄了一套小學的教科書來，教她寫字。

紅綾認字的本領很快，可是學寫字，卻很笨拙，而且，對寫字十分抗拒。白素很耐心地教她，哄她，勸她，有時也不免嚇她，可是收效甚微。

我舉一個最常見的白素教紅綾寫字的場景，很有趣。白素教她寫的是漢字，十分令我吃驚的是，白素對紅綾的智力，估計得極高，在簡單的單字上，她同時教紅綾英文，希望「打好她的英文基礎」云云。

我們之間曾有一段對話：

我說：「她就算不是女野人，也是一個苗女，我不認為苗女有必要懂英文。」

白素道：「我不認為她是苗女——我的意思是，她不會在苗疆中過一生，以她的聰明才智，絕不會。」

我沒敢出聲，因為我早已隱隱感到，白素對紅綾的感情異樣，她要把紅綾帶出苗疆，引向世界的意圖，十分明顯，我也不會反對，但是也不鼓勵。

白素那天，教的是一個「貓」字。

攝影機可能是固定在架子上的，所以看到白素，也看到紅綾。紅綾正和一群猴子玩成一團。

我絕不懷疑紅綾懂得猴子的語言，她甚至可以和猴子心靈相通，看她和猴子一起玩的情形，她自己也根本是一頭大猴子。

而且，還有一個十分異樣的情形，若是有研究靈長類動物的生物學家看到了這異樣的情景，必然會懷疑自己是不是眼花了。

和紅綾在一起嬉戲的猴子，至少有三四種不同的種類，有一雙長臂猿，有一隻是罕見的金絲狐猴，還有三隻身形很大，頭上有一圈棕黑色的長毛，也叫不出是什麼名稱來的猿猴。

猿猴具有「種族主義」，不同種的猿猴，不會走在一起，看到一大群猿猴在一起，必然是同種類，或是極其相近的種類。

這時，三四種種類絕不相同的猿猴，不但和紅綾玩，互相之間，也玩作一團。

紅綾是由一種被稱作「靈猴」養大的，據苗人説，靈猴是一切猿猴的王，是不是紅綾也有着可以號令天下猿猴的本領呢？

白素攤開了書，紅綾一下子躍向前來，十來隻猴子也跟着躍向前。攤開了的書上，有幾隻貓，也有老大的一個貓字。

紅綾看了一眼，就大聲念出來：「貓」。

接着，她又用英語念了，再用「布努」念，還觸類旁通地向一邊指了一指，白素面有嘉許之色——多半紅綾所指之處，有貓隻在。

然後，白素就取出了硬紙板和筆，紅綾一看到，就皺起了眉，抿起了嘴，一副不願意的樣子。

白素循循善誘：「來，寫這個貓字，照着寫。我教過你了，你會寫的。」

紅綾不肯去接紙和筆：「我不寫。」

白素搖頭：「你要寫，人一定要會寫字，猴子才不用寫字，你是人，要寫字。」

紅綾搖頭，又向一旁一指——那邊一定有一些人在，所以她說的是：「他們都不寫字，我也不要寫。」

這個問題就不容易解釋了，窮鄉僻壤中的苗人，當然不會寫字，可是白素再有辦法，也無法向紅綾說得明白這個問題。

白素十分有耐心：「我昨天教過你寫這個貓字，你是忘記了？」

紅綾一揚眉：「我記得，不必你教，我看到什麼字，認得它，就會寫，可是我不願意寫，認識就行了，我為什麼要會寫？」

紅綾這時，不但學會了說話，而且，伶牙俐齒得叫人吃驚。

白素笑了起來：「你不會寫，人家怎麼知道你想表示什麼？我已教過你，文字，是——」

紅綾不等白素講完，就道：「我要人家知道我的心思，我會說。」

她用手指着自己的口，開合了很多次，表示會說話就可以了。

白素仍然笑：「那人不再你身前呢？你說的話，他聽不見，就得寫了送去給他看。」

紅綾又大搖其頭，伸手直指白素：「你不是告訴我，外面世界，隔着幾千……老遠，也可以講話。」

白素呆了片刻，說不出話來。

我看到這裏，不禁「哈哈」大笑：「看來，你找不出理由要她學寫字。」

白素正在我身邊，她苦笑：「你能想出什麼理由來，使她學寫字嗎？」

我道：「以她此際的知識程度而言，確然很難，她認識字，可以看書，可以通過文字來接受知識，會不會寫字，確然沒有什麼大不了。」

白素生氣：「我一直想不出辦法來，你怎樣可以這樣說，文字的功用那麼大——」

我笑：「細想起來，也不是那麼大，就算要著書立說，也不一定會寫字，可以口述，由他人筆錄。」

白素悶哼一聲：「不像話。」

我心急想看下去，因為我知道白素要紅綾寫「貓」字，她一定非達到目的不可，看紅綾的情形，不會肯寫，且看白素有什麼法子收服女野人。

白素又向紅綾灌輸了一些要學寫字的道理，紅綾一個勁兒搖頭——在紅綾搖頭的時候，那十來隻猴子，也就跟着她一起搖頭，情景十分有趣。

白素最後大聲道：「你根本不會寫。」

白素說着，用力合上了書本，現出一副生氣的神情來，紅綾大叫一聲：「我會寫。」

她一伸手，抓起筆來——就是一把抓起來的，全然沒有執筆的正確方法，迅速地在紙上寫起來，看得我目瞪口呆，因為頃刻之間，紙上就出現了一個「貓」字，並不歪斜，十分過得去，的的確確，是一個「貓」字，可是竟不知她是從何處開始，又自何處結束的。

紅綾寫完了字，把筆一拋，望向白素，白素多半是看慣了這種情形，竟十分高興：「來，再寫多幾個。」

紅綾搖頭：「不寫了，書上的字我全會寫，學打拳吧，我學會了教牠們，牠們也會打。」

紅綾說着，就身手異常矯健，風生虎虎地打起拳來，那些大小猿猴，果然也跟着她一樣動作，看得白素也不禁好笑，再也難以堅持。

我在看到這裏的時候，把紅綾寫字的經過翻來覆去看了好幾遍，才看清她從「田」字的右下角開始畫，一下子就把那個「貓」字畫了出來。

我不禁感嘆：「素，這女孩子有過人的記憶力，她必然不是普通人家的孩子，靈猴能撫育出她強健的體魄，可是決不能給她智力，這是遺傳的。」

白素默不作聲，可是她點頭，同意我的話，又補充：「許多字，只要是她認識的，她都可以隨心所欲，用她自己的方法寫出來，可是她最不願意寫字。」

我嘆了一聲：「別勉強她，她又不是不識字，也不是不會寫，只是不願寫，不算什麼。」

白素瞪了我一眼，說：「你真會縱容孩子。」

我笑：「別忘記，半年之前她是什麼樣子，半年之中有這樣的進步，已經是奇蹟，若是讓我來教她，成績必然大大不如。」

白素道：「要不要把她帶到城市來？見識一多，進步自然神速。」

我大吃一驚，用上了一句京劇的道白：「娘子何以竟有這般戲言？」

白素並不回答，只是望着我。我和白素之間，在相當多的情形之下，根本不必通過語言，也可以了解相互之間的心意。所以我知道，白素這時這樣望着我的意思是：如果那不是戲言呢？

我嘆了一聲，我相信白素也明白我的意思：我不同意，而且是相當強烈的不同意。

白素仍然望着我，看來，她在表示，她要堅持她的主意，我則再以眼神，勸她再思，三思。

這樣的情形，持續了將近一分鐘之久。白素這時現出了欲言又止的神情，可是她卻沒有說什麼，偏過頭去，不再望着我。

我看到了這種情形，不僅大是訝異。因為白素分明是心中有話要和我說，可是又感到難以啟齒。

這種情形，可以在任何兩個人之間出現，但是絕不應該在我和白素之間出現，我和白素之間，還有什麼話是不能說的？

而情形也正糟糕在這裏：我和白素之間，應該是無話不說的，竟然出現了她欲語又止的情形，可知她心中一定極其為難，這就使得我連問也不能問了，一問，只有更增加她心中的為難程度。

白素竟然不能坦率告訴我的，究竟是什麼事呢？這時我實在無法想像。我只是在白素的神態上，聯想到了白老大的難言之隱。

白老大和白奇偉、白素父子父女之間，本來也應該什麼話都可以說的，而白老大居然對子女保留了那麼重要的秘密，這「難言之隱」，實在是重要之極矣。

有一次，我在白老大的臉上，也見過白素剛才現出的那種欲言又止的神情——那並不是故意做給人看，反倒是想竭力掩飾而不成功，所以才被有敏銳觀察力的熟人所覺察到的。

那一次，我十分清楚白老大欲言又止的原因，但現在，我不知道白素欲言又止的原因。

我反對白素把紅綾弄到文明社會來，雖然在錄影帶上看來，白素這五個來月對紅綾的訓練，使紅綾已然有了徹頭徹尾的改變。

來到了文明社會之後，她會有更多更快的改變，但是她畢竟是女野人，從她堅決不肯寫字，而且認為寫字沒有用處這一點上，可以看出，她自有她的一套想法——要使她改變習慣，認識文明，這比較容易，但是要改變她的觀念，卻比較困難。

譬如說，來到城市，可以很容易教會她交通燈的信號和作用，可是，她是不是願意遵守，卻又是另外一回事了。

她會認為別人要遵守交通燈的信號，她可以不必，因為她有縱躍如飛的本領，可以在車水馬龍之中，行動自如，那麼，她一出馬，就天下大亂了。

這，只不過是例子之一而已。我認為，把紅綾交託給十二天官，是最好的辦法，而白素對紅綾的照顧，也已經仁至義盡了。

約有一兩分鐘，我和白素都沒有出聲，白素首先打破沉寂，她道：「我還要到苗疆去。」

她在這樣說的時候，現出了十分堅決、絕不可動搖的神情。我嘆了一聲：「你和令尊，真的十分相像。」

我這樣說，當然有感而發，白老大要任意而為時，也會有這種天塌下來都不能改變的神情，而且，我也想藉旁敲側擊的辦法，弄明白為什麼白素居然會有話不能痛快地對我說。

果然，白素立時向我望來，我道：「我記得，有一次，在病房中，看到令尊望着我們，有欲言又止的神情，你記得嗎？」

白素低下頭去，深深吸了一口氣，我是明知故問，她自然不會忘記。

幾年之前，白老大由於被查出腦部有一個十分細小的瘤，需要接受當時十分先進的激光手術治療，治療的過程，有程度相當高的危險性，幾個專家會診的結果是：手術成功的機會只有一半。

白老大雖然出色之至，但是在那種情形下，他也有一般老人的固執——他不肯動手術。

我和白素，自然勸他一定要進行手術治療。我們專程到法國之時，還發現了一樁奇事：從一座小山中開採出來的石塊，上面都有花紋，這些石上的花紋，竟然和世上發生的事有關，這花紋所顯示的竟就是全然不可思議的「預言」，其中有一組花紋，竟然是蘇軍在阿富汗的飛彈佈置圖——這把整個東西方陣營的間諜網，鬧得天翻地覆。

又有一塊石頭上的紋路，竟赫然是白老大腦部X光照片的放大圖。（這些怪事，都記述在題為《命運》的這個故事之中。）

白老大的態度開始十分堅決，他聲稱：「夠老了，最多死。」

他在醫院的病房之中，責斥醫生，呼喝護士，任意喝酒，吵鬧得像一個頑劣無比的兒童，令我和白素十分頭痛。

有一次早上，我們去看他，推開門，看到他半躺在牀上，手中拿着一隻小型錄音機，看來正在說什麼，神情十分嚴肅，而且有一種深沉的痛苦。

他一定是全神貫注在做他要做的事，所以，竟然沒有覺察到我們推開了門。看來，他是下定決心要說什麼了，可是卻又現出了欲言又止的神情。

那是一種為難之極的、欲言又止的神情，這種神情，一落在我們的眼中，我們立時明白他想幹什麼了。

白素首先叫了起來：「爹，你想幹什麼？」

白老大震動了一下，抬起頭來，神情苦澀，聲音也是乾枯的：「我……想留下些遺言，竟然不知道……從何說起才好。」

白素又大叫一聲：「爹！」

別看她平時文靜，這時，像是一頭獵豹一樣，撲向前去，一伸手就把那小型錄音機搶了過來，用力摔在地上，又道：「好好的留什麼遺言？」

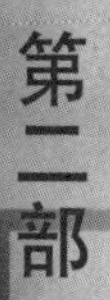

第二部

美麗不羈的女中英豪

白老大望着白素，白素來到牀邊，抱住了她的父親，聲音有着嗚咽：「爹，你只要肯聽醫生的話，就一定會好起來，健康如昔，啥事也沒有，照樣去研究你的速成陳酒之法。」

白老大也十分感動，所以促使了他有了決定：「好，請醫生定動手術的日子吧。」

白老大這才肯接受手術，手術也成功，白老大身體壯健，當然再也不會提起「遺言」兩字了。

而當時，我和白素，一聽到白老大提到遺言，就知道是怎麼一回事，因為白老大曾對白素兄妹說過，他臨死之前，會把一個大秘密告訴他們，使他們知道生身之母是什麼樣人。

白老大腦部生瘤，面對生死關頭，他準備留遺言，自然是想說這段隱秘了，而他也知道白素十分想知道這個秘密，可是白素還是把錄音機奪了下來，可知白素對父親的關懷，這才令白老大感動，肯動手術的。

事後，我略有埋怨：「讓他把話說出來，有多好。」

白素大嗔：「你怎麼說這種話？」

我不覺得自己有什麼不對。可是，白素和白老大，畢竟父女情切，她說出一番話來，令我嘆服不已。

她道：「爹年紀大了，一直身體很好，忽然有了病，求生的意志，就十分重要。若是他真的寫下了什麼遺言，他自忖死亡會來臨，求生意志就會崩潰，那對他的健康，極其不利。」

我高舉雙手，表示自己失言，卻有幾句話，在心中打了一個轉，不敢再說出來了。

我想說的是：如果不早留遺言，老人家很可能在毫無病痛的情形下，安然逝世，如果有這種情形發生，那麼秘密就永遠成為秘密了。

雖然我沒有說出來，但是白素顯然明白了我的心意，她沉默了半晌，才嘆了一聲：「只要他老人家好，秘密……就讓它——」

我不等她講完，就打斷了她的話：「秘密，憑我們的努力，一定可以找得出來的。」

我在作這樣豪語的時候，確然十分有信心。可是在事實上，若是想探索一個昔日的秘密，每過一天，困難就增加一分。

因為隨着時光的消逝，知道當年事實真相的人，就愈來愈少，等到所有曾經參與或是知道當年事實真相的人全都不在人世了，那這事情也就永遠沒有人知道了。

所以，在接下來的日子裏，基於這個原因，我們都相當積極地在進行這件事，然而所得的資料之少，真足以令得人萬念俱灰。

我和白素把已得的資料整理了一下，發現一個極為奇怪的現象。

那怪現象是，不論白素兄妹的母親是誰，一直到白素出生那年的正月，也就是白老大救了那個團長的時候，白老大的愛情生活，或夫妻生活，還是十分快樂和融洽的，因為在團長的轉述中，曾有白老大和兩歲不到的白奇偉的對話，說「媽媽會惦記我們」，證明那是一個幸福快樂的家庭。

可是何以到了白素出世，白老大離開苗疆，遇上了鴉片販子殷大德的時候，就彷彿全世界的愁苦，都集中在他一個人身上了呢？

可知一切變故，全是在那半年之中發生的。

在那半年之中，又有什麼特別的事發生呢？

最特別的，自然是那「摔下來的飛機」，和有可能被白老大救起來的兩個人。

可是無論怎麼查，也查不出那是什麼飛機，獲救的是什麼人。單是這個現象，已經十分難解，因為幾乎是有準確的日子的。年份、月份都可以肯定。團長離開成都，帶着那箱金洋，進入苗疆，大約是十五到二十天，還在正月份。有那麼可靠的日子，應該可以查到飛行紀錄的。

為什麼竟然一點資料都沒有呢？

有一次，和幾個退休了的空軍將官談話，我和白素，提出了這個疑問，那幾位空軍將官，都是駕駛員出身，身經百戰，其中還有一位，是抗日戰爭時，陳納德將軍飛虎隊中著名的戰鬥英雄。

他們在聽了我的叙述之後，也覺得奇怪，議論紛紛。可是他們的意見，十分可取，他們的意見是：「那極可能是一次小型機的軍事任務飛行。」

我道：「即使是極秘密的軍事飛行，也有飛行紀錄，我曾有機會翻閱當時軍中的機密檔案，可是卻一點線索也找不到。」

一位將官咬着煙斗，說出了極其重要的一句話：「當時兩軍對壘，已到了一決生死的時候，你所能翻查的檔案，只是一方面的，有沒有接觸過對方軍隊的紀錄？」

一聽到了這句話，我和白素都不由自主發出「啊」的一聲，剎那之間，想到了許多問題。

確然，那時，正是兩軍對壘，進行你死我活的決戰的時刻，情況錯綜複雜之至，簡單地來說，分成甲軍和乙軍兩部分。多少日子來，我們接觸的，全是和甲軍有關聯的人物。

像陳督軍，就屬於甲軍的陣營，打陳督軍翻天印的那兩個師的師長以下的高級軍官，受了乙軍的收買，才有叛變的行動，我們連他們也未曾見過，更不必說正規的乙軍人物了。

兩軍對壘的結果如何，大家都知道，我們自然沒有機會接觸得勝的一方。所以，當年那架失事摔在苗疆的飛機，如果確是軍機，而且又屬於乙軍的話，那確然無法找到資料的了。

當天晚上，白素有一個提議：「聽說古怪的原振俠醫生有一個親密女友，隸屬於最高情報組的，是不是可以託她去查一查？」

我遲疑了一下：「好多年之前的事了，只怕不容易查得出來。」

白素揚了揚眉：「查不出，也沒有損失。」

白素提到的原振俠醫生的密友，名字是海棠，身分奇特之至，白素後來，在一個怪異的化妝舞會中和她相見——在那個化妝舞會之中，海棠竟化妝成為白素。

海棠確然盡了力，可是她得到的資料是：「當時，軍事上的勝利，來得實在太快，一切混亂之極，根本沒有任何制度，也沒有什麼紀錄，只知道爭取勝利，只知道戰鬥，所以查不出什麼來了。」

我們本來就沒有抱多大的希望，所以也就沒有什麼失望，因為那是意料中的事。

海棠帶來的資料，有一點也相當有用：「當時，乙軍根本沒有空軍，沒有飛機，就算偶然擄獲了一些小型飛機，也不會有人懂得駕駛的。」

海棠的意思是：飛機不會屬於乙軍。

於是，本來就虛無縹緲的一條線索，又徹底地消失了。

舉出這一件事來，只是想說明想要獲得一點資料之難。而且，有些時候，見到了當年的人物，講述了一些事，當時以為和整件事無關，日後資料多了，才知道原來大有關聯。

這許多點滴的資料，幸而我們在得到的時候，都十分重視，所以後來才能串連起來，至於獲得資料的時間次序如何，反倒不重要了。

所以，我在叙述的時候，以「有一天」、「有一次」作開始——這是這個故事的特色。

有一天，我才準備出門，門打開，就看到有兩個人站在我的門口，看來正在躊躇着，拿不定主意是不是應該叩門。正好門打開來，他們都一愣，我也一愣。

我首先看到的一個人，又高又瘦，奇怪之極。這個人，瘦得十分可怕，他的骨骼十分大，一隻手正半揚着，我估計自中指尖到手腕，至少有三十公分，正如一些通俗小說中所形容的那樣，是「蒲扇也似的大手」。這樣的大手，若是捏成了拳頭，自然也是「醋鉢也似的拳頭」了。

身形魁偉的大漢，我也見過一些，卻未曾見過瘦成這樣子的，而且他的那種瘦，顯然是由於營養不良，吃不足而形成的，所以看來更是怪異。

我抬頭再打量這個大漢，只見他滿面風霜，頭頂中禿，只餘了一圈白髮，顯然年事已老，但是難得的是他的身板筆挺，這就更顯得他高大，可是，他分明已踏入了生命的暮年，看着他，就像是看着一株仍然挺立的枯樹一樣。

我不知道他是什麼人，但是可以肯定的，是這樣的一個人，必然會有十分多姿多采的過去。我剛想開口問他有什麼事，自他的身後，就閃出了另一個人來。

那個人，我倒是認識的，他就是我不久之前見過的那個出售金幣給收藏家的團長。

團長見了我，十分熟絡地向我打了招呼，大聲道：「衛哥兒，介紹一個人給你，他有陳督軍的事要告訴你。」我愣了一愣，登時省悟到，這大漢的身子這樣挺，自然是軍人出身的緣故了。這時，我已知道陳大小姐至少曾和白老大共入苗疆，所以，有關陳督軍的事，我也很有興趣知道。

我就向那大漢伸出手去：「歡迎歡迎，閣下是——」

那大漢一開口，聲音倒並不特別宏亮：「我也姓陳，是和督軍一條村的人，叫陳水。」

他自我介紹的方式十分特別，可想而知，他必然和督軍有相當親密的關係，而且，他對督軍有很深的印象，督軍成了他記憶中十分重要的部分，所以才會有這種古怪的現象出現。

我一面讓他們進屋子，一面問：「陳先生在督軍麾下，擔任的職務，一定十分重要了？」

這時候，已經進了客廳，陳水聽得我這樣説，神情變得十分苦澀，雙手互握着，手指節骨發出「格格」的聲響，長嘆了一聲，並不出聲。

那團長則道：「陳水是大帥的警衛隊長，也是大帥的貼身侍衛，你別看他現在瘦，當年，他身形如鐵塔，力大無窮，槍法如神，能把兩隻相鬥的大牯牛硬拉開來，也曾一拳打死三個土匪……」

看來，團長還準備説下去，但是陳水一揚手，止住了團長，聲音嘶啞：「好漢不提當年勇，説這些幹什麼。」

團長道：「那你就説説那一年正月初一的事，衛哥兒有興趣聽。」

「那一年正月初一」，自然就是陳督軍在部下的叛變行為中喪生的那天，我確然對那天發生的事，十分有興趣，因為其中還關係着一個人：陳督軍的二女兒，也就是後來的韓夫人。

算起來，韓夫人那年只有七歲，她是如何在那麼險惡的環境之中脱身的呢？

所以我忙道：「是啊，請說。兩位要喝什麼？」

那團長作了一個喝酒的手勢，我道：「我有幾瓶極好的老窖瀘州大麯，我去拿來。」

酒還沒有拿出來，單是聽了我這句話，陳水不但雙眼放光，連全身都像是多了一股生氣，他搓着手，咽着口水，聲音竟然有點哽咽：「多久沒嘗到真正的老窖了。」

我把他們讓到了桌前，又請老蔡弄了些適合下酒的菜，一打開酒罈，酒香撲鼻，陳水和那團長，已自然而然，歡呼起來。

本來，那團長形容猥瑣，看來不是很順眼，可是忽然之間，他竟也變得豪意甚高，脱胎換骨一樣，那自然是酒精在他體內，發生了作用之故。

陳水這大個子，更臉發紅光，像是回復了當年征戰沙場，在槍林彈雨之中衝鋒陷陣的氣概。

陳水先不對我説什麼，卻盡對那團長説些當年的軍旅往事，看來他們也有很久沒有相聚了。雖然他們的交談，也很有趣，尤其若是研究那一段時期的軍隊野史者，更加會如獲至寶，但是我卻不是很有興趣，正當我想打斷他們的話頭之際，陳水忽然道：「團長，你還記得我那副隊長？」

團長陡然吸了一口氣，舉到一半的酒杯，居然停在口邊——本來他是杯到酒乾，已經一下子就喝了七八杯了，由此可知，陳水提到的那個副隊長，一定是一個非同小可的人物，隔了多少年，提起來，還能令他發怔。

所以，我也暫且不再催他們快些轉入正題。

團長當然還是一口喝了杯中的酒，然後，自他的口中，發出了「滋」地一聲響：「怎麼不記得，這邊花兒，真是個怪人。」

他在說到「邊花兒」的時候，向我望了一眼。我知道他是在看我是不是懂得什麼是「邊花兒」，我點了點頭，表示明白。邊花兒是土話，是指瞎了一目的人，一般稱之為「獨眼龍」。

若不是陳水接下來的一句話，我也不會對一個獨眼的副保衛隊長有興趣，可是陳水接着道：「憑他那副長相，聽說他竟然對大小姐有意思，用摩登的話來說，就叫作暗戀。哈哈。」

陳水像是想起了最好笑的事一樣，陡然轟笑起來，笑得前仰後合，他這時雖然瘦，可是他個子實在太大，「瘦死的駱駝比馬大」，所以不但笑聲震耳，而且，搖得他坐的那張椅子，格格直響。

團長也笑，一面笑一面道：「也難怪他，大小姐出落得如此花容月貌，誰見了能不動心？不過得看身分，誰敢出聲？只有那邊花兒，想得太入神了，才會每次酒後，都叫大小姐的名字，聽說，有一次大小姐把他叫了來，當面問他來着。」

團長的這一句話才出口，陳水笑聲陡止，人也不再搖動，連喝了三杯悶酒，可知這段往事，十分重要。

而我聽到了這裏，也大是感到興趣。陳大小姐的身分如謎，有可能是白老大的救命恩人，也有可能是白老大的紅顏知己，更有可能，曾和白老大到苗疆雙宿雙棲，生兒育女，就是白素兄妹的母親，也正是我們所要探索的隱秘的核心人物。

所以，我先急急地問：「大小姐的閨名是什麼？」

團長和陳水連想也不想，齊聲脫口就道：「月蘭，陳月蘭。」

月蘭是一個很普通的中國女性的名字，我聽了之後，略有失望之感。可是在團長和陳水的神態上，卻看得出他們對大小姐的印象之深，只怕當年把大小姐的倩影長存心底的，不止那個邊花兒一人。

團長和陳水，在叫出了大小姐的閨名之後，看到我盯着他們看，有點不好意思，團長道：「大小姐不但人長得美，而且念的是洋書，進的是洋學堂，人一點架子也沒有，很喜歡和我們談天說地，是女中豪傑，而且衣着……也和別人不同，夏天是光着膀子，看得人……會天旋地轉，又不捨得不看。」

團長的這一番形容，雖然粗俗了些，可是卻也是一幅十分傳神的素描，把陳大小姐形容得十分生動。四川民風保守，姑娘家即使到了夏天，也不會露出手臂來，陳大小姐進的是洋學堂，自然不當露手臂是一回事，而美女的玉臂，粉光細緻，自然十分誘人，所以才使當年的兵哥兒，至今留下深刻的印象。

團長又不好意思地笑：「大帥也不說說她。」

陳水道：「怎麼不說，可是說得聽才行，有一次大帥說她，我正好在一邊，大小姐怎麼說他爹？她說：『你沒見過，不知道，露膀子算什麼，洋女人正式的禮服，講究把奶子露出一半來，奶子愈高愈大，愈神氣。』大帥一聽，不怒反笑，罵了一句：『胡說八道。』當時我也以為大小姐是胡說八道，後來見了世面，才知道竟是真的，當真是天下之大，無所不有。」

我雖然聽得有趣，但仍是提醒他們：「別太多感嘆，且揀重要的說。」

他們兩人靜了一會，像是不知怎麼說才好。我趁機想了一想，感到真是人的性格，決定人的命運。大小姐若不是天生性格如此不羈，就算進了洋學堂，也會嚇個半死逃出來，自然也不會違抗父命，逃婚出走，那當然也不會在苗疆遇見白老大了。

才聽得他們提起大小姐的一點點事，這個美麗、豪爽、任性、不羈的女中英傑，已經很令人神往了。

陳水咽下了一口酒：「奇怪，大小姐並沒有罵邊花兒，只是對他十分恭敬，低聲說了幾句，邊花兒就紅着臉走開了。邊花兒跟大帥很久了，照說是看着大小姐長大的，就像我看着二小姐長大一樣，不應該會那樣，再說，憑他那長相，怎麼不撒泡尿自己照照？」

這時，我有許多問題，最主要的，自然是想問他們，二小姐是怎麼脫險的，可是想一想，這兩個人叙事已經不是很有條理了，還是不要再去打亂他們的好。

果然，他們照他們自己叙事的方式，十分鄭重其事的討論起那個暗戀大小姐的邊花兒來——各位自然早已知道，我在這裏一再提及那個獨眼龍，是由於這個人，跟整個故事，有很大關係之故。

先是團長說：「這邊花兒究竟是什麼來歷？人長得像猴子一樣，又少了一隻眼睛，走夜路要是見到了他，怕不把他當成了野鬼，偏偏大帥那麼相信他，要他寸步不離地保護，他有什麼能耐？」

陳水沉吟了一會：「我也不知道他有什麼本事——當年，我有什麼本領，你是知道的了？」

團長的話，雖然有點恭維，但是很可能是實情：「當然知道，全軍上下，誰不知道？要不然，也當不了大帥的保衛隊長。」

陳水吸了一口氣：「我和大帥同村，算起輩分來，大帥長我三輩，大帥對我，恩重如山，可是直到現在，我還因他曾說過的一句話，心中有疙瘩。」

團長像是吃了一驚：「什麼話？」

陳水喝了一口酒：「有一次，大帥興致很高，我記得，二小姐那時只有三、四歲，紮着鬆鬆，和幾個小丫頭逮貓兒，大帥正和幾個大帽子在說閒話，二小姐奔了進來，模樣可愛，所有人輪流揪她的瓢瓢兒，我和邊花兒都侍之在側，大帥就是那時說的這句話。」（二小姐頭髮紮了短小的「馬尾」，在捉迷藏，大帥和幾個大官、大人物在閒談，所以大人都爭着去捏二小姐的小臉，表示親熱。）

陳水又喝了一口酒，神情仍然有點憤憤不平，可知大帥的那句話，給他的刺激，非同小可。

我和團長都沒有催他，他清了清喉嚨，才道：「大帥把二小姐高舉起來，對客人道：『我兩個女兒，還是小的可親可愛，就像我兩個保衛隊長，小的比大的有能耐一樣。』我一聽這話，當時就忍不住叫了一聲：『大帥，小人不服。』大帥瞟了我一眼，直指着我道：『別看上秤，你一個頂他七八個，真要是動起手來，你一定不是他的對手。』我自然不能和大帥辯，只是漲紅了臉，那年我多少歲？還是血氣方剛，怎忍得下這口氣？」

陳水當時，不但臉漲得通紅，而且雙手緊握着拳，盯着邊花兒看——邊花兒好像沒有名字，雖然他官拜少校副隊長，可是自上至下，都就他生理上的特徵，叫他邊花兒。而且，他的編制，雖然是在保衛隊，事實上，他從來不歸隊，只是寸步不離地跟着大帥，是大帥名副其實的「貼身侍衛」。

對這種情形，陳水早就心存妒忌了，他和大帥是同村人，又有親戚關係，他又這樣神威凜凜，是人見了他，都不免愣上一愣，理應大帥更應該相信他才是，可是大帥卻更相信邊花兒。

陳水到這時，才算詳細形容了邊花兒的外形。

原來邊花兒身高不滿五尺，又黑又乾，像猴子比像人還多，秤起來，只怕還不滿六十斤，又瞎了一隻眼睛，沒瞎的那隻，也是白多黑少，怪異莫名。

第三部

深藏不露的高人

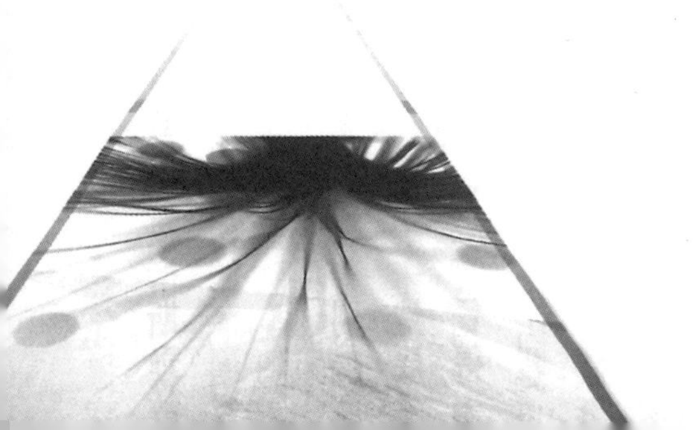

那時，大帥這樣說了，陳水雙手攥緊了拳頭，拳頭就比邊花兒的頭還大，這樣的拳頭，一下子敲到了邊花兒的頭上，只怕就把他的頭打得陷進脖子去。

大帥看了陳水的神情，呵呵笑着：「不服？」

陳水大着膽子：「不服。」

幾個大人物都道：「那就讓他們比一比。」

看大帥的情形，也有意要陳水和邊花兒動手比試一下，陳水在那時，更是磨拳擦掌。大帥向邊花兒望去，像是在徵求邊花兒的同意——這更令陳水氣惱，因為大帥只要下一個命令就行，何必那樣禮遇。

邊花兒一直垂着雙手站着，一動不動，像是發生的事和他完全無關一樣，直到大帥向他望來，他才轉到大帥身前，屈一腿跪下，說了一句只有大帥一個人才聽得懂的話。

大帥一聽，竟然立時一擺手道：「你不願動手就算了，當我沒說過。」

邊花兒答應了，又站回大帥的身後。

這一來，不禁令得所有人都訝異莫名，一個大人物說了一句：「副隊長是倮倮人？」

邊花兒居然沒有直接回答，還是大帥代答的：「誰知道他是什麼人，倒有點像倮倮。」

陳大帥的話，令得幾個客人面面相覷，驚訝不已，覺得全然不可思議，因為貼身侍衛的地位何等重要，若是來歷不明之人，怎能信任？像陳水那樣，是同村人，又是晚輩，自然會忠心耿耿；連侍衛是什麼人都不知道，怎麼可以付以重任？

可是看大帥的情形，卻又不像是在開玩笑，所以一時之間，靜了下來，只有陳水雙手握拳，指節骨發出「格格」聲，他沉不住氣，道：「請大帥下令，我非得和副隊長比一比！」

他在這樣說的時候，鼓着怒意，看來神威凜凜，像是怒目金剛一樣，而邊花兒身形又乾又瘦，看起來，陳水只要一伸手，就可以把他像小雞一樣提起來。

陳大帥聽得陳水那麼說，眉頭一皺，有點惱怒：「你怎麼沒完沒了，說不比，就不比了。」

一看到大帥動了怒，陳水自然不敢再說什麼，可是仍不免對邊花兒怒目而視，大帥像是知道陳水的心意，又喝道：「你不准找邊花兒的麻煩，不然，我趕你出部隊，回鄉下耕田去。」

一聽得陳大帥這樣説，陳水更是覺得委曲無比，當時不出聲，後來，自然不肯遵守大帥的命令，拚着受罰，也要找邊花兒比試一下。

這一段往事，看來連團長也不知道，所以他一面喝酒，一面聽得津津有味，不斷追問：「後來較量了沒有？」

陳水直到這時，神情仍不免憤然：「沒有。這邊花兒和大帥寸步不離，別説大帥獨睡，就算大帥有女人侍寢，他也照樣不離大帥五尺，我幾次在他面前做鬼臉，做手勢撩撥他，他單着一隻怪眼，只裝看不見，恨得我牙癢癢，也咬這龜兒子不得。」

我在聽到他形容了那邊花兒的體型之際，就聯想到了殷大德這個銀行家，也有一個類似的貼身侍衛，是倮倮人，身手極好，連白奇偉這樣的身手，都一照面就敗下陣來，不知兩者之間是不是有關聯？

當時，我只是想了一想，並沒有十分在意，因為倮倮人很多，就算兩者都是倮倮人，也不一定是有關的。

這時，令我心動的是，邊花兒是一個武功絕頂的高手，他長年在大帥府中，自然有機會接觸到大小姐——根據陳水的敘述，他和大小姐的關係，十分密切，甚至曾單戀大小姐，那麼，我的設想就可以成立：大小姐在帥府時，已學會了一身本領，那自然有可能解救了受重傷的白老大，發展我們曾推測過的那種事情了。

所以，陳水的敘述，引起了我極大的興趣，我問：「難道就沒有人知道他的來歷？」

陳水道：「我多方面打聽，才知道他跟了大帥很久了，曾立過三樁大功。第一件，大帥還是師長的時候，有一次帶了一個連去打獵，被一個團圍住了要繳械，眼看大帥就要成俘虜，邊花兒突然冒了出來——他只是一個大頭兵，說是別看他個子小，揹起了大帥硬奪圍，跳躍如飛，說是身影比槍子兒還快，硬是叫他負了大帥脫了險。」

團長伸了舌頭：「這功勞可就大得緊了。」

陳水的神情有點沮喪：「第二件，是他奉大帥之命，行刺當時的督軍，聽說，倏去倏回，還提着大帥要除去的那督軍的人頭來見的。」

團長默然不語，我則不由自主，現出了厭惡的神情。

軍閥割據一方，全靠手中的武力，是典型的槍桿子政權，相互之間的併吞，不絕如縷，下級反上司，友軍變敵軍，這種事，司空見慣，不打翻天印，如何能一下子竄上高位去？

陳大帥自然也不能例外。

陳水停了一停，忽然有疑惑的神色，這才道：「第三樁大功，是在狼口中救了大小姐。」

我吃了一驚：「這……只怕是誇大了，大小姐在帥府養尊處優，如何會叫狼叼了去？」

陳水伸手在臉上抹了一下——他的手大得驚人，又因為瘦，指節骨突得甚出，看來相當駭人。他道：「大小姐自小好動，那年，我還沒有進城，是聽人家說的，大小姐八歲，常只帶幾個人入山遊玩，有一次，就叫狼叼了去，急得大帥跳雙腳，邊花兒一聲不出，就進了深山，不但把大小姐安然帶了回來，還帶回了小駒也似的七條死狼——全是叫他打死的。」

我一面搖頭，一面笑：「這就更不對了，大小姐叫狼叼走，到邊花兒出馬去救，其間隔了多久？有十個大小姐，也會叫狼群吃得連骨都不剩了。」

陳水一掌拍在自己的大腿上：「瞧啊。我這時也這樣問說這件事的人，那人說事情就是這樣。後來我趁一次機會問大帥，大帥說：『是啊，邊花兒救過我，也救過月蘭，那一遭，月蘭滿山亂走，叫狼叼了去。』我就拿你剛才說的話問大帥，同時斜眼看着邊花兒。」

我催道：「究竟是什麼原因？請快說。」

陳水嘆了一聲：「大帥說：『邊花兒知道月蘭野得很，從她小時候，就教了她不少防身的法門。陳水，你別不服氣，邊花兒法門多得很，熊羆虎豹，他都有本事把牠們當小貓兒耍，他可是個能人。』大帥不會亂說，我也只好相信了。」

我聽了這話，更是興奮，因為證實了我的猜想：大小姐在帥府之中，自小就得過異人傳授的。

至於那個備受大帥讚賞的邊花兒，自然是毫無疑問的能人，深藏不露，單看他堅決不和陳水比試這一點，已可以證明他非等閒之輩，至少比起陳水，高明了不知多少。

那時白素不在，所以只是我一個人高興。

陳水又說一些閒話，才又道：「不過，大帥真是相信他，在最危急的關頭，把二小姐交給了他，要他保二小姐安全脫險。」

我一聽這話，就立時道：「這是那年正月初一的事，團長也有份——」

我話沒有說完，就住了口，因為我看到團長有坐立不安的神情。事情雖然過去了許多年，但當年的叛變行為，畢竟不是很光采。我停了一停，改口道：「照說，陳兄你和邊花兒，都是能人，應該可以保得大帥平安脫險的。」

陳水聽了，長嘆了一聲，那一下長嘆聲，蒼涼之至，可知他直到這時，回想起往事來，心中還是無限悽酸。他張大了口，半晌說不出話來。

團長在這時，接上了口：「人人都知道帥府保衛隊長陳水，雙槍齊發，指東打西，指南打北，威勢如同天神，所以在行動之前，佈置了二十個敢死隊，專對付老哥你，可是怎麼一回事，我們一幹上，你老哥人在哪裏，怎麼遲遲不出現？」

陳水聽了團長的話，更是難過激動之極，老大的骨架子，竟然劇烈地發起抖來，手中端着的一杯酒，也灑出了不少來。

我伸手，在他的手背上托了一托，幫助他喝了這杯酒，心中大是奇怪，因為聽來，像是陳水在這次事變之中失了職。

陳水喝了酒，又長嘆一聲，才道：「真是時也命也，當時，如果我和大帥在一起，憑我這大個子，擋也替大帥擋了那三槍。」

團長補充：「三個神槍手打衝鋒，一衝進去，見了大帥就開槍，邊花兒行動極快，擋在大帥身前，居然接了兩槍，可是他身形太矮小，三槍之中，有一槍還是打中了大帥的胸口，那時，二小姐正拉着大帥，要去看放炮仗——就是用炮仗聲作掩護衝殺進來的。那三個神槍手只有機會每人射了一槍——」

我聽得驚心動魄：「何以不繼續？」

陳水吞了一口口水，接了上去：「三個人的額上，都被一柄小飛刀釘了進去，直沒至柄，立時氣絕，哪裏還能再放第二槍？邊花兒明明中了兩槍，但不知中在何處，他仍然抱着二小姐，扶着大帥，進了內書房，這時我也……趕到了。」

我和團長一起向他望去，他作為保衛隊長，在大帥中了槍之後才趕到，自然是失職了，變故驟生之際，他在什麼地方？

我們的眼光之中，都有詢問的神色，陳水又長嘆一聲：「真是造化弄人，大年三十晚上，我一個人吃了一副冰糖肘子，吃得拉了肚子，正蹲在茅房，聽到聲響，只道是放炮仗，直到辨出了有子彈的呼嘯聲，趕將出來，大帥已經中槍了。」

我聽了之後，想笑，可是又笑不出來。陳水一再說「時也命也」，又感嘆「造化弄人」，真有道理。

他吃壞了，腹瀉，在廁所中，不能在叛兵攻進來的時候，盡他保衛隊長的責任。

這真是典型的造化弄人。

三個人之間，一時誰也不想說話，只聽得「嘓嘓」的喝酒聲。

過了好一會，陳水才道：「那時，敵人如潮水一樣湧進來，見人就殺，我手下十來個人，死命頂着，我來到大帥身邊，大帥胸口那一槍，正中要害，他已奄奄一息，我見他緊握着邊花兒的手，顫聲道：『你保月梅——逃生，去找她姐姐……月蘭幸虧不在……快走。』邊花兒還想帶着大帥一起走，大帥一聲長笑：『我怎麼對人，人就怎麼對我，不寃——』他下面一個『枉』字還沒有說出口，就咽了氣。」

陳水說到這裏，又停了下來，默默喝酒。團長道：「後來你領着部下，兇神惡煞一樣衝殺出來，聽説死在你槍下的不下百人。」

陳水聲音嘶啞：「大帥一死，我紅了眼，只想找人拚命，誰還去數射中了多少人，不過，等到衝出來，也只剩下我一個人了，身上還掛了六處彩，能留着這條命到現在，算是異數了。」

團長道：「大帥託邊花兒保二小姐逃生，倒沒有託錯人，二小姐畢竟逃了出去。」

陳水點頭：「是，可是不知道她們姐妹是否曾相會？」

我這時，已知道大小姐叫陳月蘭，二小姐叫陳月梅——她也就是韓夫人。

看來陳水十分關心二小姐脱險後的情形，所以我道：「據我所知，二小姐後來嫁了一個姓韓的袍哥大爺，是什麼三堂主，情形很不錯，不過，那位三堂主也死得早，我曾見過她一次，她帶了一個姓何的助手，來請我到苗疆去找她姐姐。」

我對二小姐的所知，也到此為止，連那個「姓韓的三堂主」究竟是什麼腳色，也查不出來。

陳水聽了我的話之後，悵然半晌——在那段時間之中，自然又報銷了不少老窖瀘州大麯，這才感嘆道：「她們姐妹，到底沒見到面。」

這時，我心中略為一動，眼前像看到了當年發生在大帥府中動亂時的血腥畫面一樣。那時，二小姐還小，只不過七、八歲，而就在她的身邊，發生了這樣驚人的變故。她的父親，平日是充滿了權威的象徵，可是在中了槍之後，也一樣會流血喪生。這對於她幼小的心靈，是極其可怕的刺激，必然終生難忘。

月梅父親在臨死之際，把她交給了邊花兒，要邊花兒帶着她，去找她的姐姐，父親的臨終遺言，她必然每一個字，都牢記於心，所以，她要去找姐姐的願望，一半是為了她幼兒時姐姐對她好，另一半也必然是一種心願——在她的潛意識之中，認定了姐妹相會，是完成了慘死的父親的一個遺願。

真可惜當時完全不知道其中有那麼多曲折，不然，根本不必和白素到書房去商議，立時就可以答應她的要求，一起到苗疆去。

雖然，到了苗疆，未必找得到大小姐，未必姐妹重逢，但至少也可以知道邊花兒帶着二小姐逃離大帥府之後的情形，尤其可以更多了解那個神秘的異人邊花兒的一切。

這個單眼異人，在整件事情中，應該佔有相當重要的位置——他極有可能，是大小姐的師父，在大帥府中，傳授了大小姐一身武藝，就像是一些小說中的情節一樣。

如果說，發掘出整個故事來的過程，像是要完成一幅幾千塊碎片組成的拼圖，那麼，這位邊花兒先生就是主要的一塊碎片，有了它，就可以在它的周圍，湊上許多其他的碎片，形成一小幅，對完成一整幅的拼圖，有巨大的幫助。

可是，等我在陳水的口中，得知這一切時，韓夫人已不告而別，再也找不到她了。

韓夫人在我這裏得不到幫助，最大的可能，自然是在何先達的陪伴之下，到苗疆去找她姐姐去了，想到她有蠱苗的那隻寶蟲防身，也不會有什麼意外，只是不知道她是否找到了姐姐而已。

事情發生到這裏，出現了相當奇妙的局面：不但是韓夫人想找她姐姐，連我們，也十分需要見一見大小姐，因為大小姐是一個更重要、也可以說是最重要的關鍵人物——如果她還在世上的話，一見到了她，有可能所有謎團，都迎刃而解。

當下，陳水和團長又說了不少話，當年發生在邊遠地區的許多事，聽來頗有些匪夷所思的，但是和故事無關，所以不必記述了，有一些，當時聽了，認為無關緊要，後來才知道大有關係的，在以後故事的發展之中，自然會「到時再說」。

一直等他們告辭之後，我仍然獨自一人，緩緩喝着酒，白素這才回來，我一把攔住了白素，就把陳水所說的一切，轉述給她聽。

白素聽得十分用心，因為如果我的假設成立，發生在大帥府的事，等於是她外公家的事。雖然她對我的假設，還抱着懷疑的態度，但多少也有些認同，自然比常人格外關心。

等我說到了大小姐肯定曾在那邊花兒處學藝之際，白素的神情更見緊張。等我講完了之後，她第一句話就道：「那異人一定是倮倮人。」

我揚了揚眉，她繼續道：「假定大小姐和爹，住進了倮倮人烈火女所住的山洞，那就有得解釋了——她師父是倮倮人，自然她對倮倮人有好感，更有可能，她在師父處，學了流利的倮倮語。」

白素的這個分析，十分有理，所以聽得我不住點頭，白素的情緒，顯得十分亢奮——她是一個典型的處變不驚的人，可是這時，事情可能關係到她生身之母的秘密，她也不禁有點沉不住氣，不但來回走動，坐立不安，無意識地揮着手，而且，自我的手中，接過杯子去，一下子就把那麼烈的烈酒，喝了一大口。

她在把烈酒吞了下去之後，才吁了一口氣：「我要立刻把這一切告訴哥哥——他一直對自己小時候頭髮被剃成『三撮毛』，有點耿耿於懷，如果他知道有這樣一個異人，就不會見怪了。」

白素要立刻和白奇偉聯絡的理由，自然是不成立的，其實也根本不成理由，她只是急於想把這些資料告訴白奇偉而已。

和白奇偉聯絡，說難不難，說易不易，也花了將近三天的時間，才在電話中聯絡上，他人在印尼，參加一項大型的水利工程。

當時，長途電話的通訊，哪有現在這樣方便，而且，效果也不是很好（人類的科學，還是進步得相當快的），所以把一切情形，告訴了白奇偉，花了兩小時多的時間。

白奇偉聽了之後的第一個反應是：「倮倮人！殷大德的那個貼身侍衛，就是倮倮人，身手之高，難以形容。」

我和白素還未曾想到這有什麼聯繫，白奇偉又道：「我去見一見殷大德，見一見那倮倮人，或許他能知道那邊花兒的來龍去脈。」

白奇偉在印尼，離殷大德的大本營所在國不遠，他說要去見殷大德——目的是見那個倮倮人，自然十分方便，所以我和白素，都沒有異議。

當時，我囑咐白奇偉，如果沒有結果，就不必再聯絡了，如果有結果，請盡快告訴我們。

結果，白奇偉用了又快又直接的方法，兩天之後，他出現在我們的客廳裏。

他一進門，從他興奮的神情上，已然可以知道，他必然大有所獲，可是他卻先不說話，只是一個勁兒喝酒，我好幾次要催他開口，都被白素阻止了。

一直等他喝了大半瓶酒，他才用手背一抹口：「要簡單說，還是詳細說。」

我和白素異口同聲：「先說結果，再詳細說。」

這是很正常的要求：我們心急想知道結果，但是又想知道詳細的情形。

白奇偉聽了之後，皺着眉，看得出他絕不是在賣關子，只是在想該如何說才好。過了好一會，他才嘆了一聲：「沒有結果。」

我和白素，都大失所望，竟至於一時之間，說不出話來，只是直視着他。

白奇偉吸了一口氣：「得了不少資料，可是如何得出結論，還要大家商量。」

他既然這樣說，我們也無法可施，只好做了一個「請說」的手勢。

白奇偉道：「我一和殷大德聯絡，他就表示無限歡迎，他對當年陽光土司的救命之恩，真是可以說是沒齒不忘，也真不容易了。」

白素點了點頭，她也曾見過這個如今煊赫一時的銀行家，可以肯定這一點。

和殷大德聯絡了之後，白奇偉就動身去見他，殷大德親自來機場迎接，白奇偉這才知道殷大德在這個國家中的地位之高——殷大德的車子，竟有足足一個摩托車警隊開路，根本不理會紅燈綠燈。

令得白奇偉意外的是，那個不離殷大德左右的倮倮人，竟然沒有和他在一起，白奇偉此來目的，就是見這個倮倮人，自然着急，所以他一上了車就問：「你那位倮倮人保鑣呢？怎麼不見？」

殷大德笑着道：「怕你不願意見到他，所以就沒有叫他跟着。」

白奇偉吁了一口氣：「怎麼會不願意見他？我就是為了找他才來的。」

他這樣說了之後，看到殷大德呆了一呆，他又道：「我不是來見你，特地是來見他的。」

他一強調，殷大德的神情，更是躊躇，白奇偉發急：「怎麼，有什麼難處？」

殷大德勉強笑了一下：「白先生，上次這倮倮人得罪了你，你……大人大量，不必計較了，如何？」

第四部

獨目天王的再傳弟子

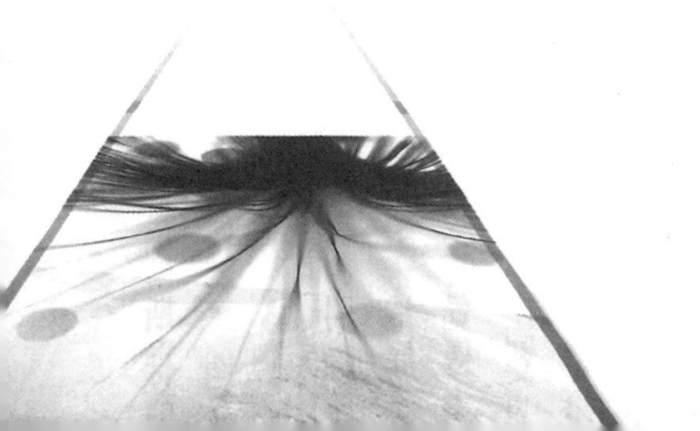

白奇偉一聽得殷大德這樣說，就知道他誤會了自己的來意，他不禁哈哈大笑了起來，忙道：「我當然不是來找他晦氣的，真的有事情要向他請教。」

白奇偉說得雖然十分誠懇，可是殷大德還是不很相信。白奇偉是公子哥兒，怎會有事情向一個倮倮人請教？

白奇偉看出他的疑惑，就又道：「我和倮倮人的關係雖然深切，可是並不會說倮倮話——」

殷大德自然知道白奇偉和倮倮人有糾葛，因為他在被陽光土司（白老大）救出來的時候，曾見過小時候的白奇偉，留着倮倮人的特有髮式「三撮毛」，所以他忙道：「行。我替你傳譯，倮倮話我是精通的。」

兩個人說着，車子已直駛進殷大德的巨宅，殷大德在當地有財有勢，巨宅也大得驚人，單是花園，就一眼望不到圍牆的邊兒。

花園中有帶着狼狗的保衛人員，數量極多，幾乎像是小型的軍隊了。

在大洋房的門口一停車，就看到人影一閃，那倮倮人也來到了車前，殷大德十分自豪：「對我真是忠心耿耿，如果有人向我開槍，他一定會擋在我身前。」

白奇偉十分自然地點着頭，因為他想到了陳大帥身邊的那個倮倮人，確然是替大帥擋了兩槍的，看來倮倮人有對主人忠心的特性。也或許是倮倮人對漢人一直十分敬仰，可是又一直受無良漢人的欺負，所以遇上有平等待他們的漢人時，他們就會感恩圖報。

白奇偉當時一見了那倮倮人，不等車子停定，就打開車門下了車，向那倮倮人一揚手，大聲道：「你好。」

白奇偉十分好意的打招呼，可是對方顯然不習慣這種方式，白奇偉手才揚了起來，那個子小得像猴子一樣的倮倮人，一下子後退，行動如飛。殷大德忙下了車，大聲叫了幾句，那倮倮人仍然神情猶豫，慢慢向前走來。白奇偉這才覺察到自己的方法不對，他想了一想，雙手抱拳，向對方拱了拱手——這拱手為禮的古法，倮倮人倒是懂得的，想來是他從來也未曾受過這樣的禮遇，所以一時之間搔耳撓腮，不知如何才好。

殷大德走了過來，說了幾句話，倮倮人回答了，又向白奇偉不住點頭，殷大德和白奇偉一起進了屋子，倮倮人緊跟着，等到在華麗的大堂之中，分賓主坐下，白奇偉就急不及待地提出了他的問題。

他一面問，一面還做手勢，指着眼睛，又站起來，掄拳撩腳，殷大德就替他傳譯。

白奇偉才說了一半，那倮倮人就大叫了起來，叫的話白奇偉自然聽不懂，只見殷大德現出十分訝異的神情，望向白奇偉：「你問的那人，十分有名，是他們倮倮人，有很威武的名字，叫『獨目天王』。」

白奇偉一下子就有了收穫，自然高興之至，忙道：「要他把這獨目天王的一切資料，都告訴我。」

白奇偉敘述他見那倮倮人的經過，說到這裏時，我和白素互望一眼。

獨目天王，這名字確然十分威武，也大有氣派，和他在大帥府之中，被人叫作邊花兒，自然不可同日而語。

白奇偉的要求，由殷大德譯了之後，那倮倮人卻十分躊躇，說了一番令白奇偉十分失望的話，殷大德也十分失望：「據他說，這獨目天王是他們倮倮人中的異人，自小不和人生活，是和野獸一起生活的，行蹤不定，出沒無常，遇上族人有什麼不幸，需要幫助時，他就會出現來幫助人。」

那倮倮人神情肅穆，又說了一番話，殷大德的轉述是：「可是聽說獨目天王，早就離開了苗疆，說是到漢人那裏當兵去了，走的時候，還曾有過盛大的跳月會，一去之後，就再也沒有在苗疆出現過。」

白奇偉皺着眉，指着那倮倮人，問：「你這一身武功，不是獨目天王教的嗎？你是從哪裏學來的？」

殷大德把白奇偉的問題翻譯了，那倮倮人黝黑的臉上，現出了為難之極的神情來，雙手抱住了頭，不斷地搖動着身子，姿態怪異莫名。

殷大德在連連追問，那倮倮人忽然極急地爆出了一連串的話來，白奇偉雖然聽不懂，也可以知道他是不肯說自己的武功自何而來的。

白奇偉不等殷大德翻譯，就道：「不行，非說不可，這事情重要之極。」

他在這樣說的時候，看到殷大德的神情，十分猶豫，他就又問：「怎麼啦？有什麼難處？」

殷大德苦笑：「他說，他曾在烈火前發過誓，絕不能告訴任何人他一身本領是怎麼來的，不然，身子會被烈火燒成飛灰——這是他們倮倮人的信仰，他們心中的神，就叫烈火女。」

白奇偉道：「給他好處，求他都不行？」

殷大德嘆了一聲：「他剛才說了，要是再在這個問題上逼他，他立刻就離開。」

殷大德頓了一頓，又道：「他行動如飛，要是他想走，只怕很難留得住他。」

白奇偉心想，他要是出手，或許可以留得下這倮倮人，可是留下了又有什麼用？總不成嚴刑拷打，逼他說出一身武功的來歷？

白奇偉敘述到這裏，望向我和白素，問：「你們可知道我為什麼想弄明白這倮倮人的武功來歷？」我和白素都沒有出聲，只是作了一個手勢，請他繼續說下去。

白奇偉道：「一開始，看見這倮倮人有那麼高的身手，我料想他可能是獨目天王的弟子，可是後來知道獨目天王離開了苗疆之後，沒有再回去過，他也不知道獨目天王進了大帥府，那麼，這倮倮人的武功來歷，就只有一個可能，所以我非知道不可。」

他說到這裏，我和白素一起叫了起來：「這倮倮人，是獨目天王的再傳弟子。」

白奇偉一聽，現出十分激動的神情，握着拳，用力在桌子上敲了一下，叫道：「正是，他應該是獨目天王的再傳弟子。」

在他叫了這句話之後，我們都一起靜了下來，因為事情有了驚人的發展。

我們都不約而同，選用了「獨目天王再傳弟子」這樣的句子，自然是因為在下意識中，不想提到一個極關鍵性的人物的反應。

而等到我們定下神來時，這種反應自然也不會再持續，所以我先道：「獨目天王授藝給陳大小姐，這倮倮人的一身武功，是從陳大小姐那裏來的。」

白素兄妹，在剎那之間，臉都漲得通紅，也不知是為了興奮還是緊張。

這自然關係重大之至。

因為我們的假設之一是：陳大小姐，可能是白素兄妹的母親，由於不明的原因，沒有和白老大一起離開苗疆。

白素曾感到十分害怕：陳大小姐不離開苗疆的唯一原因，看來是她已經死亡，確然，除了這個原因之外，也想不出別的原因來。

而如果這個倮倮人的武功，是從陳大小姐那裏來的，那絕不可能是陳大小姐和白老大在苗疆的那一段日子中發生的事，必然是在白老大帶了白素兄妹離開之後才發生的。那也就證明，至少在白老大離開之後的若干年，陳大小姐仍然生活在苗疆，並沒有死。

對有可能是自己生身之母的人，忽然有了這樣重大的發現，自然是興奮緊張，兼而有之的了。

而且，照規矩算起來，那倮倮人如果是陳大小姐的徒弟，白素和白奇偉，都要叫他一聲「師兄」的。

白素緊張得有點失常：「大哥，你當時想到了有這個可能，用了什麼方法？」

白素的話，乍一聽來，有點無頭無尾，但是我也知道她這樣說是什麼意思——白奇偉想到了這一點，他必然會設法讓那倮倮人把真相說出來的。

白奇偉又揮拳在桌上敲了一下：「我用的辦法，十分簡單，我叫殷大德對那倮倮人說——」

白奇偉用的辦法十分直接，他叫殷大德傳譯了一句話：「你的武功，來自一個女人，所以你不好意思說。」

白奇偉在那樣說的時候，本來也沒有什麼把握，可是等到殷大德一把話傳過去，他不禁心頭狂跳，一下子就知道自己料對了。

那倮倮人一聽到了這句話，整個人直跳了起來，他是彎着身子蹦起來的，跳得極高，身子竟然碰到了吊在大廳上的一盞巨型水晶燈，碰得燈上的那些瓔珞，發出了一串叮叮咚咚的聲響。

等到他的身子又落了下來，他盯着白奇偉，神情如見鬼怪，口中喃喃自語。殷大德翻譯他的苗語：「他在求烈火神的寬恕，因為他什麼話都沒有說過，全是你說的。」

白奇偉勉力定神：「告訴他，他什麼也不必說，只要我問了，他點頭搖頭就行，烈火神不會怪他。」

殷大德說了，倮倮人連連點頭，白奇偉就問：「那女人傳你武藝，是陽光土司離開苗疆之後的事？」

白奇偉估計，陽光土司是一個人人景仰的人物，他離開苗疆，是一件大事，應該會記得。

果然，那倮倮人點頭，又想了一會，伸出四隻手指來。殷大德忙道：「是陽光土司離開之後四年的事。」

白奇偉心頭亂跳：「那時，你幾歲，住什麼地方？我問的是你自己的事，你可以回答。」

那倮倮人說了：「那年我十歲，住在——」

他說了一個地名，殷大德也翻譯了，可是一點意義也沒有，苗疆千洞萬砦，單憑一個名字，自然沒有用。白奇偉記住了這個名字，又追問了一句：「你離開家鄉很久了，要回去的話，是不是認得路？」

那倮倮人想了一想才點頭。

白奇偉又問：「那女人很美麗？是漢人？」

那倮倮人連點了兩次頭，白奇偉不禁閉上了眼睛一會，力圖鎮定心神，這才再問：「你師父的名字，叫陳月蘭？」

他在問出這句話的時候，聲音甚至有點發顫。殷大德把話傳了過去，那倮倮人現出了一副惘然的神情，顯然「陳月蘭」三字，他聞所未聞。由於白奇偉知道他父親和陳大小姐在苗疆的時候，居住的地點，可能就是烈火女所居住的山洞，所以他又問：「你拜師習武的所在，離烈火女的山洞很近？」

那倮倮人大搖其頭，說了幾句話，而且現出不明白何以會有此一問的神情，殷大德也跟着搖頭：「他說很遠，離烈火女住的山洞，要翻過好幾座山。」

白奇偉心中十分疑惑，他自然也想到，在白老大帶了子女離去之後，陳大小姐可能在整個苗疆之中，逍遙自在，並沒有固定的居所，他望向殷大德：

「他剛才所說的那個地名，你知道是什麼所在？」

殷大德道：「約略知道一點，是一個苗寨——眾多苗寨中的一個，離國境很近。五年之前，我就是聽從那裏來的人說起，苗寨之中有一個會武功的能人，這才千方百計，派人去把他找來，倒是和他一見就投緣，他也很喜歡跟着我；別看他身形其小如猴，本領可夠大的。」

白奇偉當時也想到過，陳大小姐在眾多的倮倮人之中，單找了他來授藝，多半就是因為這倮倮人身形瘦小如猴之故，因為授她武藝的獨目天王，身形和這個倮倮人十分相近。

白奇偉又問：「你來跟殷先生的時候，你的師父在什麼地方？」

那倮倮人跟了殷大德，是五年之前的事，如果可以問出陳大小姐五年前的行蹤，自然是一大收穫。

那倮倮人對這問題的反應，卻只是一味搖頭，白奇偉追問：「你搖頭的意思是『不知道』還是『不能說』？」

可是倮倮人除了搖頭之外，再也沒有別的動作了，可謂不得要領之至。

白奇偉急得搓手：「你師父就住在你出生的苗寨附近嗎？你知道她確實的

住址？」

對這個問題，倮倮人神情十分堅決，緊抿着嘴，一個字也不肯說。

被白奇偉問得急了，他才又說了一番話，先聽得殷大德大有訝異之色，等他轉述出來，白奇偉也十分奇怪。

那倮倮人說的是：「我師父是天上的仙女，不是凡人，她每次出現，都有大群猿猴替她抬兜子，多陡的峭壁，也能翻上去，她住的地方，一定從來沒有人到過，我怎麼能知道？」

他在說完了之後，神情頗自傲，想來他以自己能被仙女選中，傳授武藝，感到十分光榮，他又補充：「那種猿猴，我們當地的倮倮人和苗人，都叫牠們為靈猴，力大無窮，跳躍如飛，向來在深山野嶺，人迹不到處居住，尋常人想見一眼都難，見了也當作是神明一樣，她竟然能令靈猴聽話，不是天上的神仙是什麼？苗人也把靈猴叫做仙猴，說牠們是替仙人看守洞府的。」

白奇偉聽了，有點啼笑皆非，他再問了許多問題，轉彎抹角，旁敲側擊，心想倮倮人頭腦簡單，或許可以再套出一些資料來，可是那倮倮人卻死心眼，問題一提到他師父，他除了搖頭之外，別無其他的動作，更別望在他口中得到些什麼。

白奇偉急於想把他所得的資料告訴我們，反正那倮倮人在殷大德的身邊，跑不掉的，隨時可以去找他，所以就趕來見我們了。

白奇偉的敘述告一段落，當時白素就道：「你忘了問他十分重要的一點：這倮倮人現在多少歲了？」

白奇偉道：「我問了，他也答得很爽快，他比我大四歲，所以那位身懷絕技的大小姐……開始對他授藝，是爹帶着我們離開苗疆之後四年的事。」

白素長嘆一聲：「照說……爹和陳大小姐，應該是天造地設的一對神仙眷屬，究竟發生了什麼事，才會變成現在這樣子的呢？」

白奇偉的神情，十分怪異，他想了一想，才道：「也不能肯定陳大小姐就是我們的母親。」

在那時候，確然還不能肯定這一點，一切都還只是我們的假設，但是我知道，白奇偉口中雖然那麼說，心中也一定知道，這個假設，極接近事實。

我不理會白奇偉怎麼說，提出了我的一個想法。我曾提出過大小姐在帥府中有高人授藝的小說式的設想，已經被證實了，所以這一個想法，也是小說式的。我道：「他們兩人，都身負絕頂武功，會不會在談武論藝之際，一言不合，拌起嘴來，事情就此演變得不可收拾呢？」

白奇偉悶哼一聲：「先是口角，繼而動武，誰也不肯讓誰，愈打愈是激烈，終於反目成仇？」

我用力點頭，因為這正是我的設想。

白奇偉用力一揮手，冷笑了一聲：「這算是什麼。武俠小說之中用濫了的情節。」

我抗聲爭辯：「帥府之中，有能人授藝，也和小說的情節相吻合。」

白奇偉自然大搖其頭：「你們兩人還不是各懷絕技，你們也會因為各自炫耀自己的武功而打起來嗎？」

我和白素互望了一眼，同時嘆了一聲——看來我的這個假設，不是很容易成立。

白奇偉道：「我走的時候，吩咐殷大德盡量替我準備那倮倮人出生地方的資料，不管怎樣，我要去走一遭。」

我和白素都同意：「如果陳大小姐五年之前，曾在那一帶出沒，那是最有希望找到她的所在了。」

我這樣説，當然是鼓勵作用多於一切。果然，後來白奇偉有了苗疆之行，為時三個月之久，到達了那倮倮人的家鄉，聽那裏的倮倮人，講這個特別的倮倮人的故事。沒有人知道陳大小姐授藝的事，自然也更沒有人見過陳大小姐。

白奇偉對那裏的倮倮人和苗人，提及了靈猴或仙猴這種猴子，當地土人都知道，白奇偉表示想看一看，見識一下，帶他去的嚮導一傳譯，所有聽到的人，都「哈哈」大笑，他們把白奇偉帶到了一座壁立千仞的峭壁之前，指着峭壁，告訴白奇偉：「像這樣的懸崖峭壁，有好幾十座，要能翻得過去，才是靈猴聚居的所在，沒有人可以接近牠們，要不是這樣，靈猴和普通的猴子，有什麼分別？」

白奇偉當時就想到過，可以利用直升機，來達到翻山越嶺的目的。可是他並沒有付諸實行。一則是由於當時的直升機，性能不是很好，只怕難以應付山峰之間變化無端的氣流。二則，是不是真有靈猴存在，白奇偉也不能肯定，自然不必勞師動眾了。

白奇偉苗疆之行，無功而還，又和我們見了一次面，這次，我們討論了另一些問題，我先提出來：「陳督軍臨終託孤，叫獨目天王帶着二小姐去找她姐姐，何以她們姐妹始終未曾見面？而且，當時，是知道大小姐在苗疆的。」

白奇偉和白素都不出聲，好一會，白奇偉才道：「只好説苗疆實在太大了，要找一個人，不容易。」

白素道：「爹那時已是鼎鼎大名的陽光土司，難道和他在一起的……陳大小姐從不在人前露面？不然，以獨目天王之能，不應該找不到的。」

白奇偉攤了攤手：「後來二小姐嫁了姓韓的三堂主，獨目天王又到哪裏去了——唉，事情愈來愈複雜；又不是幾千年之前的事，怎麼就沒有人可以知道真相了？」

我苦笑了一下，抬高了頭，我的這種神態，他們兄妹兩人自然一看就可以知道我心中在想些什麼，白奇偉立時咕噥了一句：「都是老頭子不好。」

白素的態度和他哥哥不同：「爹一定有極度的苦衷，我們自己探索不出秘密來，是我們自己沒有用。」

白奇偉悶哼一聲：「我少在中國人的社會中生活，你們兩個，要多留意一點。」我和白素自然答應了下來，我們也確然一直在留意。

在這裏，我要把時間飛快地揭過去，敘述一件最近才發生的事——我和白素到苗疆去，是應朋友杜令之請，幫他和唐朝美女金月亮一起回他的星球去——這是《毒誓》和《拚命》兩個故事中記述的事。

當我們決定去苗疆之前，曾有過如下的對話。我十分感慨地道：「一直說要到苗疆去，說了那麼久，才算是真的去了，可是又不是為了我們自己的事。」

白素蹙着眉，好一會，才道：「我們這次要去的藍家峒，和大哥當年去過的地方，相隔並不是太遠。」

我明白她的意思，笑了一下：「大哥當年去，到現在，又隔了許多年，當年大哥去，什麼也找不到，現在自然更難找了。」

白素聽了，默然不語，過了一會，她才道：「時間過去了許多年，也有好處，至少我們現在有十分先進的交通工具，不必再靠騎驢子進苗疆了。」

我笑了笑：「如果有發現，倒可以作進一步的探索。」

結果，我們這次的苗疆之行，有了一個極度的意外，就是發現了女野人紅綾。

而且，在當地的傳說之中，女野人紅綾，是自小由靈猴養大的。這是我們在白奇偉的轉述之中聽到了「靈猴」這個名詞之後，第一次又聽到了這種猴子的名稱，可見這種猴子稀有之極，不是當地人，根本不知道，即使是當地人，也無緣一見。

當我們知道了這一點之後，我和白素都在藍家峒，在送走了杜令和金月亮之後，我順口提起：「把女野人養大的靈猴，不知和當年抬着陳大小姐滿山亂走的靈猴，有什麼聯繫，是不是同類？」

白素沒有回答，只是望着火堆上竄動的火苗——她那時有點神思恍惚，我早已注意到了，所以我又說了幾句話，逗她開心。

第五部

一個大麻子

我說的全是打趣話：「陳大小姐帶着靈猴，在苗疆神出鬼沒，看來比女野人更野，可以推測到這位大小姐的性格，野至於極點，如果她竟然是你母親，你們母女兩人，可沒有半分相似。」

白素過了一會，才有反應：「不好笑。」

我伸了伸舌頭，也沒有再說下去。

這些，都是不久之前發生的事，可以說是幾千塊碎片之中的一小塊——要拼成一幅完整的圖畫，是一小片也不能少的，所以也有必要記述出來。

在發現了女野人紅綾之後，我就發現白素對她有異樣的關心，可是找不出原因來。直到後來，我才知道自己是多麼麻木不靈。當然，這種麻木，後來由一位醫生朋友，原振俠醫生向我分析過：「你是一個感覺極靈敏的人，自然不應該出現這種麻木不靈的情形，而竟然出現了，那是由於你的腦部活動，長期以來，都不斷要把一件事忘掉——這本來是做不到的事，但是你有過人的腦活動能量，再加上你驚人的意志力，你竟然做到了，把那件事忘記了，把那件事從你的記憶之中剔除了，所以才會有這種情形出現……」

在一旁聽原振俠分析的白素不服氣：「這樣說來，他不是麻木，反倒是他有本事了。」

原振俠笑：「我只是從醫學的觀點來分析，絕不涉及私人感情。」

白素淡然一笑，並沒有再說什麼。

這些，自然又是以後的事了。

知道了陳大小姐在白老大離開苗疆之後，仍然留在苗疆，而且十分活躍，在倮倮人和苗人的心目之中，成了天上的仙女，我們都十分興奮，盡一切能力去追尋陳大小姐的資料——自然，和當年事情有關的各色人等，我們都十分留意，這才有了和那位大麻子見面的一段經歷。

這個大麻子的出現，是一大突破，使我們知道了許多許多白老大在川西活動的事實，也知道了陳二小姐、三堂主的一些事，更重要的是，連獨目天王的下落，也有了可供追查的線索。

我們見到這個大麻子的時候，確然吃了一驚，因為他那一臉的麻子，密密麻麻，一個坑套一個坑，使他整張臉，看來像是經過特技化妝師的精心處理，用來拍恐怖片一樣。

自從公元一七九三年，英國的醫學家琴納發明了牛痘疫苗之後，經歷了兩百年的鬥爭，人類基本上已經戰勝了天花病，使得「天花」這種疾病，幾乎已經絕迹。所以，現在，絕少看到麻臉的人了。

但是在天花病毒肆虐時，麻臉的人很多，隨時可見——他們都是天花病的倖存者，有更多的人，死於天花這種惡疾。

天花甚至影響了人類的歷史，像中國歷史上著名的清朝康熙皇帝，之所以能登上皇位，很重要的一個因素，是他曾出過天花，有了免疫力，不會當不了幾天皇帝就出天花死去——那時候，死一個皇帝，勞民傷財，十分麻煩。結果，康熙所創造的政績，十分輝煌。

那大麻子的臉容，十分可怖，禮貌上我們又不能盯着他看，所以我和白素的神情，都有點古怪。

大麻子顯然習慣了他人的這種神情，所以他並不在乎，一面笑，一面把頭上戴着的一頂軟帽，掀了下來。他一脫帽子，我們更是嚇了一大跳，原來他整個頭頂，一根頭髮也無，而且和他的臉一樣，全是一個疊一個的麻坑。

大麻子自我介紹：「出痘子那年，我五歲，已經當是死的了，我被扔在山坑裏，一場大雨，把我沖進了一道山溪，竟不知是怎麼活下來的。大難不死，必有後福，別看我這一臉一頭一身的大麻子，倒着實過了許多年快活過神仙的日子。」

這大麻子所言非虛，他大難不死之後，給他遇上了異人，學會了一身武功，他是從小就死過來的人，自然再不在乎死亡，勇武絕倫，參加了哥老會之後，遇事肯拚，從不落後，很快就攀升上去，成了哥老會中的重要人物。

袍哥大爺的生活，自然遠在一般普通人之上了。

在哥老會之中，他雖然不是「新爺」，是經過辛苦的，但在不到十年之間，能夠在「工口」當上了「理堂東閣大爺」，也着實不簡單了。

（「新爺」——一步登天的會員，入會就是龍頭老大，是百年難逢的異數。當年白老大入川，獨闖哥老會的總壇，就是要求自己作「新爺」，但結果沒有成功。近代袍哥史之中，只有抗戰期間，上海大亨杜月笙入川，被奉為「一步登天大龍頭」，是新爺的典型。）

（「工口」是雲、貴、川三省的哥老會的秘密稱謂。）

（「理堂東閣大爺」是哥老會總壇內八堂中排位第四位置的堂主。內八堂的排名，在以後有需要時，才逐一介紹，沒有需要，就不贅了。）

也就是說，大麻子「歸標」（加入哥老會）不到十年，就坐上了雲貴川三省哥老會總壇內八堂之中的第四把交椅，這份奮鬥史，如果詳細寫出來，自然十分驚天動地——每一個江湖人物，都有他們驚心動魄的故事的。

我們是怎麼能有緣見到這個大麻子的呢？

（一直只稱他為「大麻子」，並無不敬之意，只是由於他自己也這樣叫自己，原來的名字是什麼，早已連他自己都不記得了。）

在《探險》中，有一段情節，是陳大帥把一個金販子叫到了偏廳，問金販子在金沙江遇見到大小姐的經過，那金販子是個多口之人，曾幾次說白老大和大小姐，真是好一對伴侶。

當時，和大帥一起在偏廳中，有五個哥老會的大爺。

後來，我們有幸見到了其中之一，這才知道了有關金販子的那一段經歷。

那位哥老會大爺，當時在內八堂之中，排名第七，稱為「執堂尚書大爺」。

在談話之後，我們曾請他去和白老大敘舊，他卻大驚失色，想起當年白老大獨闖總壇，連場血戰的情景，居然猶有餘悸，自認見了白老大害怕，不敢去見他，由此可知當年白老大的神威，何等之甚。

我曾想把這一番話告訴白老大，因為那是對白老大最高的讚譽。可是白素卻反對，怕會觸及那三年苗疆的隱秘，弄巧成拙。

就是這位袍哥大爺，忽然派人送了一封信來，提及當年內八堂之中，居然還有一位健在人間，問我們可有興趣見見他。

這對我們來説，自然是求之不得的事，連忙回信，極想見那位袍哥大爺的熱忱。當時，我們也不知自己可以見到什麼人，更想不到竟然可以得到那麼多資料。

回了信不幾天，大麻子就不請自來，他也不必介紹自己，單是那一口川音，我們已知道他是什麼人了。而且，在看了他的尊容之後，我和白素，互望了一眼，立時知道他是一個十分重要的人物。

因為我們都記得，白老大有一次，在酒後説往事，説到他在哥老會總壇受了重傷，是由於他兵行險着，硬擋了一個大麻子的三掌，那大麻子講義氣，見白老大硬接了他三掌，就保着他離開的。

那個大麻子，自然就是這個大麻子了。

大麻子的個子並不高，可是十分結實，由於他的臉容嚴重畸形，所以也無法看出他的真正年齡，但是想來，至少也在八十左右了。

然而，他的健康狀況一定十分好，那天是大陰天，我們開門的時候，眼看就要下大雨了，有許多蜻蜓，在飛來飛去，他見了我們之後，說了一句：「好多巴螂子。」

一面說，他順手一抓，攤開手來，就有一隻蜻蜓，被他抓在手中。

而一聲「巴螂子」，也說明了他是川西人，那裏的土語，管蜻蜓叫「巴螂子」。

我們寒暄了幾句，他指着白素，笑得極歡，大聲問：「老爺子好嗎？在不在家裏？」

白素苦笑：「家父身體倒還好，只是不知道他在世界哪一個角落。」

白素所說的是實情，白老大在那一段時間中，行蹤飄忽之極，只有他找我們，我們再也找不到他。大麻子一聽，略有失望之色，但隨即又上下打量白素，看他的樣子，像是根本沒有將我放在眼裏。

他看了半晌，一面大口喝酒，一面咂着舌：「白老大真了不起，當年接了我三掌，居然能夠生下那麼標緻的女娃兒來，真行……」

他這種話，不知是什麼邏輯，叫人不知如何搭腔才好。

白素趁機道：「當年你老的三掌，也下得太重了些，把家父打成了重傷。」

大麻子又喝了一口酒，接着，長嘆一聲：「現在，回頭來看，一切爭鬥，都兒戲之至，想來白老大若在，也必有同感。」

大麻子頓了一頓，才又十分感慨地道：「當時，好幾十雙眼睛望着我，我下手能輕嗎？他一個人連下了六場，把我們的六大高手，打得潰不成軍，出言又高傲之極，當時人人眼中都會噴出火來，看得出他要闖出總壇，比登天更難，他是伶俐人，用言語逼住了各人，要硬接我三掌，人人都盼他就死在這三掌之下，我少用半分全力，就會開刑堂審我。」

白素低嘆了一聲，表示明白了當時的情形。

大麻子放下酒杯，伸出雙手，先是掌心向下，然後，倏然翻過掌來，伸向我們的面前。

他自己盯着自己的手掌，問：「看出什麼名堂沒有？」

在他一攤開手掌之後，我和白素就吃了一驚，他的手掌又平又扁，看起來，就像是一塊牛扒一樣，絕不像是人的手掌。

更令人吃驚的是他的掌心，紅色和青藍色混雜着，看來怪異之極。

我和白素，都受過嚴格的中國武術訓練，自然一看就都知道原因。我首先失聲道：「這……你竟然紅沙掌、黑沙掌雙練，這……不是近百年來罕見的事？」

大麻子一聽，居然不亢不卑，回答了一句：「你倒真識貨。」

可是他一臉的麻子，卻顯示了他心中極度的高興和自豪，那一臉重重疊疊的麻坑，簡直粒粒生輝。

接着，他道：「我這種掌法，陰陽互淆，陽中有陰，陰中有陽，在此之前，沒有人接得我三掌還可以生還的。當時，令尊若不是出言太狂，我敬惜他是一位人物，也不會答應他的所請。」

我和白素都大感興趣，齊聲道：「當時白老大說了些什麼來？」

大麻子並沒有立即回答，我和白素互望着，心中作了種種的猜測。已知資料是，白老大在哥老會的總壇之上，已經作了六場苦戰，顯然他連勝了六場，而且，哥老會方面，一定敗得相當慘，和白老大動手的六個高手，可能都受了重創。

白老大既然有心要以一人之力，克服群雄，要當哥老會的一步登天大龍頭，自然不能太手下留情。可是，白老大卻犯了一個錯——把袍哥大爺估計錯了。哥老會是個歷史悠久、勢力龐大、根深蒂固的幫會組織，有它自成一套的傳統，和江湖上的小幫小會，大不相同。

在其他的小幫會，白老大若是大展神威，又運用口才，說服幫眾，歸他領導之後會有新的發展，自然可以一舉而成功。但同樣的方法，放在哥老會，卻行不通了。

白老大雖然連傷六位高手，可是哥老會中，人才濟濟，再上來二三十個高手，和白老大車輪戰，就算個個打不過白老大，到頭來，累也把白老大累死。

白老大自然是在連創六人之後，知道自己犯了錯誤——絕無可能達到目的，只要能全身而退，已是上上大吉了。照他自己的說法是：兵行險着。

處在那麼兇險的情形下，還要口出狂言，單是這份氣概，也令人悠然神往了。

大麻子好一會沒說話，只是不住緩緩地搖着頭，沉醉在對昔日的腥風血雨的回憶之中。

過了好一會，他用力一拍自己的大腿，又長嘆一聲：「他走了之後，我們內八堂，外八堂，所有的兄弟，都一致公認，他不是人，不是天神，就是惡魔。」

白素緩緩地道：「他當然是人，智勇雙全——雖然，他闖哥老會總壇，這件事並不算得聰明。」

大麻子忽然笑了一下：「不過他命主順大，我看着他因禍得福。」

他說到這裏，瞅着白素，神情有點古裏古怪——他的臉容本就異於常人，忽然有這種神情，看了令人不舒服之極，我和白素，不約而同，變換了一下坐姿。

我一時之間，猜不透他何以忽然有了這樣的神情，只是心急想知道白老大在總壇的情形，就催他說下去。

大麻子又伸手在大腿上拍了一下——我初初以為這是他的習慣動作，後來才知道這是他練腿功的方式，他有極強的掌力，當他拍打大腿的時候，就運用自己的掌力，去刺激鍛煉大腿上的肌肉，使大腿肌肉變得堅強，用現代運動學的術語來說，就是促使肌肉產生或增強在剎那間的爆發力。

這種爆發力，乃運動員進行快速動作所必需，所以，大麻子不但掌法了得，腿法也上乘，堪稱是武術界中難得的一流高手。

大麻子道：「白老大連傷了六人之後，由於他下手重，以武會友的氣氛已蕩然無存，大伙都紅了眼，傢伙全操了出來，鐵頭娘子一雙柳葉刀，舞起兩團銀光，奔向白老大，口中發出怪叫聲——」

大麻子講到這裏，停了一停，忽然問：「知道鐵頭娘子叫的是什麼？」

這一問，真把我問倒了，我連「鐵頭娘子」這個名字，也聞所未聞——「鐵頭」和「娘子」兩個詞併在一起，是多麼怪異的組合。我只能猜出她是女性，多半是內八堂或外八堂的人物，誰能知道她舞動雙刀殺向白老大時，叫嚷的是什麼？

我正想說這算是什麼問題時，白素已笑道：「她叫的是：『要是能讓你直着出去，我們就別打滾龍了。』是不是？」（「打滾龍」——混日子。）

大麻子瞪大了眼睛，望着白素，單看他的神情，也可以知道白素說對了。

大麻子驚訝的神情，一下子就消退，他笑了起來：「自然，令尊把他當年的威風，全向你說了。」

白素苦笑了一下：「大叔錯了，他沒有說過，他只是告訴我江湖上厲害人物的名字、武功、行事作風，像麻大叔你，他一再告誡，見了你，絕不能隨便動手，而鐵頭娘子舞刀向前時，叫的必然是這兩句話。」

白素的這一番話，大麻子聽了，自然相當受用，他呵呵笑了起來：「鐵頭娘子的那一雙柳葉刀，出了名的一出鞘，不見血不收，狠辣無比，她一出手，所有人就知道，今天的事，決不能善了，可是接下來的變化，卻是人人都意料不到。」

他說到這裏，斜眼看着白素：「你說令尊沒有對你說過，我不相信。」

白素十分誠懇：「真的沒說過，請告訴我們當時發生的事。」

大麻子又停了一會，才道：「令尊的身手，真是出神入化，當時只見他非但不避，反倒向兩團耀目的刀花，直欺了過去——」

白老大直欺向鐵頭娘子舞起的兩團刀花，總壇中各人反應不同，有的驚到屏住了氣息，有的大聲酣呼，氣氛已到了狂熱，似乎每個人都已全副心神投入了一場又一場的劇鬥之中，再沒有人是旁觀者了。

剎那之間，刀光消失，在場的人，佔了十之八九，一時之間，難以相信自己的眼睛，只有三五下嘆息聲，自不同的方位發出來——那是武術高手，在電光石火之間，看出了發生變化的經過，絕大多數人，當然只看到了變化之後的結果。

眾人看到的是，白老大只用了一隻手，就抓住了鐵頭娘子的一雙手腕。手腕被白老大鐵鉗也似的手指抓住了，自然也舞不出刀花來了。

鐵頭娘子年紀不大，約莫三十歲上下，膚色黝黑，可是絕不粗糙，眉目姣好，身形嬌小，是一個標準的黑裏俏。她的手腕也細細巧巧，要不然，白老大也不能憑一隻手，就抓住了她的雙腕。

白老大其時正當盛年，雖然經過了這場劇鬥，但仍然神采飛揚，而且一出手就制住了鐵頭娘子，更是顧盼生豪。

鐵頭娘子在用力掙扎，一張俏臉，黑裏透紅，狼狽之至。

白老大一聲長笑：「瓜女，聽說你這一雙刀，出鞘必然見血，這次怕要破例了。」

白老大稱鐵頭娘子為「瓜女」，其實並無惡意，那是四川西部，對姑娘家親暱的稱呼，和北方話的「丫頭」相近。他比鐵頭娘子年長，自然可以這樣叫，可是在這樣的刀光劍影之中，忽然冒出了這樣的稱呼來，聽來自然十分刺耳。

鐵頭娘子的性子極烈，白老大話才住口，她就「呸」地一聲，叫：「鏟鏟。」在土話之中，那表示強烈的否定。

白老大顯然早已料到鐵頭娘子會有這樣的反應，所以他答得更快：「那就只好對不起了。」

他一面說，一面倏然鬆手，鐵頭娘子覺出腕上一輕，正待發招，可是白老大在抓住她的手腕時，緊扣着她的脈門，令她血液運轉不暢順，所以一時之間，發不出力來。

而白老大已利用了這一剎那，雙手齊出，在刀脊上輕輕一撥，鐵頭娘子手中的雙刀，交叉劃向她自己的手臂，在她的手臂之上，劃出了兩道口子，鮮血立時涔涔而下。白老大後退一步，笑道：「已經見血，可以還刀入鞘了。」

鐵頭娘子呆立在當地，一時之間，竟然不知道究竟發生了什麼事，及至她定過神來，大喝一聲，再想衝向白老大時，大麻子已大踏步走向白老大，雙掌互擊，發出鏗然之聲，鐵頭娘子自然不能去夾攻白老大，臉漲得通紅，像是炭火一樣。

這時，已沒有人再去注意鐵頭娘子，人人的注意力，都轉移到了大麻子和白老大的身上。

白老大的視線，停在大麻子的雙掌之上，大麻子自己連擊三掌，一翻手，掌心向上，讓白老大看到他的掌心。

白老大喝彩：「好，先讓人看清了雙練的掌力，光明磊落，好漢子。」

在這樣的情況之下，大麻子受到了白老大的喝彩，意義自然更加不同，於是麻臉上大有得色，他揚聲道：「你該知道我雙掌上的功夫，小心了。」

白老大一聽，咯咯大笑：「我說你是一條好漢子，並沒有說你掌力了得。」

大麻子臉色一沉：「現在由得你吹牛，等會兒，再下話告口，就沒有用了。」

「下話告口」就是求饒的意思。白老大又一聲長笑：「告口？實話實說，你打我三掌，用吃奶的氣力，我白某人不避不讓——」

白老大才講到這裏，所有的人都已嘩然，若不是剛才確曾見識過白老大的本領，必然當他是個瘋子。大麻子的掌力，四川第一，威名遠播，白老大竟敢硬接三掌，豈不是老壽星割脖子，活得不耐煩了。

大麻子不怒反笑，一時之間，竟嗆住了說不出話來。可是白老大還有更嗆人的話：「接你三掌，要是我皺一皺眉頭，也就算我栽了，任憑處置。」

第六部

輕笑往返生死關

大麻子麻臉氣成了紫薑色，可是他還是很沉得住氣：「就這樣送了命，替你不值。」

白老大昂首挺胸：「學藝不精，死而無怨。」

大麻子道：「好，要是你能接上我三掌，我保你離開，這裏的事，一筆勾銷。」

白老大談笑風生：「能蒙閣下保我離開，已足領盛情，日後，袍哥大爺要找我算帳，還是可以，不然，已吃了虧的，不是更吃虧了嗎？」

大麻子雙手揑着拳，五指緩緩伸出，指節骨發出「格格」聲響，伸了又揑拳，再伸開，一共三次，才道：「你把話說得太滿了，接着。」

他身形一挫，一掌拍出。

那一掌，拍向白老大的胸腹之間。一般來說，那不是人身的要害，但是十分柔軟，在抵抗方面，自然也較難消減來襲的力量。

而且，人身體上柔軟之處，痛覺特別敏感，胸腹之間的部位遇擊，會特別感到疼痛。白老大話說滿了，說是若皺一皺眉，就算輸了，大麻子心想，憑自己的掌力，擊在身上，就算不能令人受傷，也必然會產生劇痛，白老大若能忍得下來，那才是奇事。

白老大果然不避不躲，微微抬着頭，一副傲然和毫不在乎的樣子——他的這種神情，雖然看得袍哥大爺咬牙切齒，但是也個個心中暗自佩服。

白老大在這時又犯了一個錯——在當時來說，可能是一個絕不經意的小動作，可是陰錯陽差，造物弄人，到後來，卻會演變成軒然大波。

白老大犯了什麼錯誤呢？在大麻子出掌之前，他要裝出若無其事，不把對方放在眼中的神情，所以目光顧盼，就是不望向正在磨拳擦掌的大麻子，這就一下子，視線瞟向了在一旁的鐵頭娘子。

這時，已經根本沒有人注意鐵頭娘子了，人人連眼都不眨，在等着看白老大如何接大麻子那有開碑裂石之力的三掌。可是，那是別人的感覺，受了挫敗、雙臂還在流血的鐵頭娘子本身，自然感受大不相同。

鐵頭娘子一招未使完，就敗下陣來，而且在眾目睽睽之下，敗得如此之慘。她也算是在江湖上有頭有臉的人物，可是卻被人當成了小女孩一樣來戲耍。

在她雙臂受傷之後，她全身的血一下子全都湧上了頭部，只覺得耳際「轟轟」直響，眼前金星直冒，整個人僵硬得如同泥塑木雕一樣，腦海之中，唯一的念頭是：完了……完了……

她在受傷之後，一動也沒有動過，事實上，她受的傷並不重，白老大手下留情，只是削了淺淺的一道口子，目的是懲戒她「不見血刀不還鞘」這種狂妄，並不是要令她真正受創，不然，以當時的情形而論，白老大可以令得她雙臂齊斷。

事後，鐵頭娘子自然也明白了這一點的。

鐵頭娘子當時並不知道所有人都已轉移了注意力，她緊咬着牙，勉力定過神，根本不知道周圍發生了什麼事，她才有了知覺，就接觸到了白老大的眼神。

那是大麻子一掌已出，可是還未曾擊中白老大之前的一剎那。

白老大一看到了鐵頭娘子俏臉煞白咬牙切齒的神情，他倒是知道鐵頭娘子那種比死還難受的感受，他想到，自己出手也太狠了一些，對付一個婦道人家，似乎不應該這樣——經過了這樣的事之後，鐵頭娘子的江湖生涯，自然絕無法繼續了。

所以，白老大一看鐵頭娘子，就現出表示歉意和關懷的神情。那種神情，十分真摯，恰好鐵頭娘子的視力才恢復，一看到了這種關懷的神情，心中一熱，一時之間，竟忘了那就是令自己僵在當地的敵人，宛若是在絕境之中見到了一絲光明一樣。

鐵頭娘子大受震動，雙手一鬆，手中的柳葉雙刀「嗆啷」一聲跌到了地上。

可是，這雙刀落地之聲，也只有她一個人才聽到，並非聲音不夠響亮，而是有更響亮震耳的聲音蓋過了雙刀落地之聲。

大麻子的一掌，擊中了白老大。

白老大一面在顧盼自豪，一面自然也在運氣，他為了要顯示自己非凡的能耐，運氣之後，蓄而不發，算準了大麻子一掌擊上身的時間，把時間拿捏到了沒有百分之一秒的誤差。

也就是說，大麻子一掌擊到，他蓄定了的真氣，也一鼓而發，眼快的，可以見到白老大的胸腹之間陡然鼓起了，一掌擊中，如同一隻大鼓槌，重重擊中了一面皮鼓一樣，所發出的那「蓬」地一下聲響，震得所有人耳際好一陣嗡嗡發響。

誰都看得出，大麻子那一掌，出了全力，而白老大，確然硬接了下來，不但身形紋絲不動，果然連眉毛也沒有皺一下。

就在那一剎那，又發生了一些事，是微不足道的事，事情也發生在鐵頭娘子的身上。

雙刀落地，鐵頭娘子才心中一凜，想起了眼前這個對自己流露了如此關切神情的漢子，正是令自己處於這等狼狽境地的敵人，剎那之間，百感交集，眼淚已不由自主奪眶而出。

她雖然流淚，可是視線仍然不離開白老大。所有人都看到了白老大硬接了大麻子一掌，可是鐵頭娘子卻傷心人別有懷抱，只顧自己的事，一時之間，不知是恨白老大好，還是感激他好。

在鐵頭娘子看來，那時，白老大和她，是視線接觸，大家互望着的。可是事實上，卻絕不是那麼一回事。

白老大硬捱了大麻子的一掌，在別人甚至大麻子看來，他都若無其事，可是受了那一掌的他，卻感到一陣劇痛，迅疾無比，傳遍全身，宛若千百塊紅炭，在體內爆散開來一般。

在那一剎那之間，他眼前陣陣發黑，什麼也看不到。在那一剎那之間，如果鐵頭娘子有什麼動作，或是在神情眼色之中，向他傳遞了什麼信息的話，白老大根本看不到，接收不到。

而白老大在那樣的痛苦之中，仍然能面帶笑容，那是一個秘密，大麻子一直不明白，直到見了我們之後，說完了往事，一再說佩服之極，白素才把這個秘密告訴了大麻子的。

原來白老大自小習武之際，就認為高手比武之際，中了掌，或受了傷，就難免咬牙切齒，現出痛苦的神情來，難看之至，再也沒有武士的風度，真正的高手，絕不可以如此。

由這一點上，也可見白老大的性格，從小就極之高傲——許多事情的發生，都是由於當事人的性格而形成的。

所以，白老大自小就苦練成功了一項本領：使表情和體受相反，愈是感到痛楚，愈是神色自若，面帶微笑，彷彿是正在享受，舒服之極的模樣。這也就是白老大敢誇下海口，說「皺一皺眉就算輸了」的原因。

白老大曾勸我也練一下這種特別的不哭多笑功，說有時候，會起到意想不到的作用。但是我沒有照他吩咐去做，一則，這種本領，要從小練起，不然極難練成，二則，那種功夫和我的性格不是很合。我喜歡笑就笑，哭就哭，好看就好看，難看的就讓它難看，不喜歡做作或裝腔作勢；雖然明明痛得要死，還要臉帶微笑，固然大具高手風範，可也失諸於真。

我當然沒有向白老大說我為什麼不肯練的原因，事實上，白老大的子女，白素和白奇偉，也沒有這樣的本領，可見這項本領，雖然沒有什麼大不了的秘訣，倒也不是人人練得成的。

大麻子在聽了白素的話之後，駭然失笑：「竟然有這樣的事，令尊也可以算是挖空心思之至了。」白老大看來若無其事接了一掌，眼前發黑，只是他一個人知道，別人看不出來。白老大心中也在暗暗叫苦，他未曾料到大麻子的掌力竟然這樣厲害，看來，三掌雖然可以硬抵過去，但是後果如何，也真的難說得很了。

若是尋常人在這種情形下，或許會退縮，可是白老大卻反倒豪氣頓生，當下，他眼前還在發黑，根本什麼也看不到，但是他努力使自己現出一個十分暢快的笑容，而且緩緩點着頭，說了一聲：「好。」

此情此景，確然令人發呆，因為看起來，白老大不像是才捱了重重一擊，倒像是才喝了一大杯好酒一般。

最吃驚的，自然是大麻子，他怔了一怔，手掌一翻，悶哼了一聲，連他一向的規矩，發掌之前必然提醒對方也忘記了，第二掌擊出，逕自擊向白老大的右胸。

右胸算是人身的要害了，那是肺門的所在，比起胸腹之間的軟肉部分，自然嚴重得多。

白老大在這時，總算勉強可以看到眼前的情景了，他看到大麻子的手掌，向自己的右胸拍來，他屏住了氣，臉上仍然帶着笑容——他再托大，這時也不敢出聲，因為他知道對方的掌力厲害，一開聲，這口氣屏不住的話，非命喪當場不可。他這裏才屏住了氣，大麻子的一掌，已經拍了上來，「叭」地一聲響，和剛才的蓬然巨響，又自不同，如兩塊鐵板互擊。

大麻子立時抽掌後退，白老大身形仍是紋絲不動，也一樣面帶笑容。

可是人人都知道，中了大麻子的兩掌，若是不受傷，實在是不可能的事，所以一時之間，全場寂靜無聲，只有一個角落處，傳來了一下驚呼，顯然是一個女子所發。

白老大對這一切，全不知道，他不但眼前發黑，而且只聽到耳際的轟轟之聲，如萬馬奔騰一般，他卻忽然打了一個「哈哈」——全然是憑着一股堅強之極的意志力，才能有下意識的動作。

打了一個「哈哈」之後，他居然又叫了一聲：「好。」

大麻子說到這裏，望了白素片刻，道：「令尊此刻，表面上看來，談笑自若，但是我知道他必然受了內傷，可是他當真視生死如無物，這樣不怕死的漢子，我一生闖蕩江湖，見到的不超過三個。」

白老大毫無疑問是不怕死的漢子，我把這時的疑問提了出來：「你一再說他外表看來若無其事，怎麼又可以知道他必然受了內傷？」

大麻子嘆了一聲：「我和他面對面地站着，相隔很近，可以注意到他眼神渙散。同時，他的笑容，竟然十分輕佻，像是在調戲婦女一樣。在這種情形下，可以發出任何的笑容，但決計沒有理由發出那樣的笑容來的，由此可知，他對自己肌肉的控制，已不能如意，那自然是受了內傷的表現了。」

我聽了之後，連連點頭，心忖別看這大麻子是粗人，可是粗中也有細——可知在江湖上，要混出名堂來，沒有偶然這回事，必然有成功的道理在。

白素聽得緊張，連聲音也有點變：「麻大叔，你明知他受了內傷，這第三掌——」

大麻子吸了一口氣：「我豈是乘人於危之人，可是令尊他……唉，他……」

大麻子看出白老大受了內傷，他心中敬重白老大是一條漢子，這第三掌，他就暫不發出，沉聲道：「姓白的，能接下我麻子兩掌的，你已是罕見的高手，算了，你走吧，這裏沒有人會阻住你。」

若是大麻子的話一出口，大堂之中，完全沒有人反對，那麼，在完全沒有把握的情形下，白老大或許會接受大麻子的提議，因為大麻子的話，給了他下台階，他就算接受了，也不算丟臉。

可是就在大麻子的話出口之後，各人都沉默沒有出聲之際，一個女子嬌聲叫道：「且慢。」

白老大也直到這時，才在第二掌的掌力之中，定過神來，恢復了視線，他看到，發出了那一下叫聲的，不是別人，正是鐵頭娘子。

其時其地，任何人一聽到鐵頭娘子這樣叫，都必然認為鐵頭娘子是不肯罷休，一定要白老大再接一掌，連白老大那麼精明的人，都沒有例外，所以他立時一聲長笑，豪氣干雲，朗聲道：「講好了是三掌的，怎可以兩掌就算，麻子，把你吃奶的氣力拿出來。」

大麻子一聽，粒粒麻坑都冒出了火，大喝一聲，第三掌擊出，攻向白老大的左胸。

（讀者諸君請注意，在這一大段敘述之中，有許多細節，都神推鬼差地和日後發生的事，有重要的關係，而在當時，是不被注意的。）

（在其時，沒有人知道忽略了這些細節，會有那麼嚴重的後果。）

（而有些細節，根本是無心的，甚至是不受控制的，可是卻偏偏變成了可怕的大誤會，形成了延續幾十年的可怕的悲劇。）

這第三掌，儘管大麻子並無意取白老大的性命，但也只好攻向他的左胸——大麻子總不能一掌拍向白老大的面門，而左胸是心臟所在位置，白老大知道自己生死存亡的大關到了，他一提氣，把全身能積聚起來的力量，一起聚到了左胸。

在他這樣做的時候，他的胸口，自然而然，向前挺了一挺，以致在旁觀者看來，他非但不逃，反倒是挺胸向前迎了上去，更增他的英雄氣概，令得所有的人，都跟着他，自然而然，吸了一口氣。

一掌擊中，又是「叭」地一聲，大麻子怕白老大中掌之後摔倒，壞了他的英雄形象，所以立時伸手，準備去扶他，可是白老大雖然天旋地轉，情形比中了第二掌之後更糟，五臟六腑，都在翻騰，但是一感到有人欺近身來，自然而然（那是一種條件反射作用），一翻手，五指已扣住了大麻子的手腕。

他在連接了三掌之後，非但巍然不動，而且又扣住了大麻子的脈門，這自然令人震動，大麻子不由自主，發出了一下駭然之極的怪叫聲來。

而白老大在一扣住了對方的脈門之後，腦中清明，知道這時自己一點力道也發不出來，扣了也是白扣，反倒會泄了自己的底。所以，他五指才一緊，立時又鬆了開來，強忍住了氣血翻湧，雙手抱拳，身子轉動，作了一個四方揖，朗聲道：「後會有期，白某人暫且告辭了。」

他也根本沒有注意到，他身子轉了一個圈子之後，恰好是面對着鐵頭娘子停了下來，說了「後會有期」，而且，這時，他全身像是要散了開來一樣，也根本不知自己在這樣說的時候，表情怎樣，眼神如何，但求不要哭喪着臉，保持笑容，已是上上大吉了。他說完那一句話，自知再也不能開口，一開口，只怕發出的不是聲音，而是噴出大蓬鮮血。

這時，袍哥大爺之中，頗有幾個，還想把白老大攔下來的，可是他們還沒有言語行動，大麻子已經喝道：「他下江漢子尚且言出如山，我們能說了不算嗎？」

他一面叫着，一面傍着白老大，大踏步走了出去。

白老大在這時候只覺得耳際「嗡嗡」直響，天地像是倒翻了一般，一步步跨出，卻像是踩在厚厚的棉絮之上，他心中只想一件事：「離開！離開！就算死，也是死得愈遠愈好，遠一步好一步。」

就憑着這一意念，他一步又一步，向前走着，而大麻子一直跟在他的後面。

我和白素聽到這裏，不禁互望了一眼——大麻子說他一直跟在白老大的身後，這就有點古怪了。

因為我們知道，白老大自己說的，受傷之後，掙扎堅持到江邊，這才口噴鮮血，一頭栽進了江中，這才絕處逢生，遇到了救星的。

這個救星，我曾推測，而且十分肯定，是陳大小姐，難道我推測錯了？救他的，是一直跟在他身後的大麻子？

如果是這樣，那就未免古怪得很了。

大麻子沉醉在往事之中，並沒有留意我和白素的神情有點古怪。他舔了舔口唇（他連唇上都是麻點），又大大喝了一口酒，嘆了一聲：「白老大真是了得，我算着他下一步必然會跌倒了，那我就立刻出手去救他。可是他硬是不倒，一步一步向前走着，竟然給他走出了兩里多，到了江邊。」

我和白素又互望了一眼，知道大麻子的叙述，到了緊要關頭了。

大麻子又再喝一口酒：「到了江邊，他挺立着，望着滔滔的江水，也不知道他在想什麼，我看了他一會，才發現江邊另外有一個人在，那人也站在江邊注視江水，一頭青絲，給江風吹了起來，散散地披拂，竟是一個女子，披着一件紫色的斗篷，看來如同水中仙子一般。」

大麻子在說到這一段的時候，措詞大是文雅，可想而知，當時的情景，十分動人。

大麻子道：「是那女子先半轉過臉來看白老大的，我一見那女子半轉過了臉來，心中就是一動，這美人兒肌膚賽雪，美麗無比，我曾經見過的，她是陳督軍的大女兒，我在帥府之中見過兩次。」

大麻子講到這裏，白素伸過手來，緊握住了我的手，她手心很冷，自然是由於大麻子的叙述——我們的猜測沒有錯，在江邊救了白老大的，正是陳大小姐。所以，這才有日後兩人並轡進入苗疆的韻事。那麼順理成章推測下去，兩人成為情侶，也自然是事實了。

大麻子說到他認出了在江邊的陳大小姐時，又向白素望了半晌。

我看到這種情形，心中不禁一動，好一陣心跳，才指着白素問：「麻大叔，你看她和陳大小姐，是不是有點相似之處？」

在發出了這個問題之後，我和白素，都是心情緊張之極。人的遺傳因子十分奇妙，試想，人的臉部肌肉，結構組合，何等複雜，稍有不同，就形成了人的容貌互異。可是遺傳因子，卻可以使得上一代和下一代之間在容貌上有驚人的近似。

我這一問，自然是想弄明白陳大小姐和白素之間的關係。大麻子吸了一口氣，一字一頓，十分肯定地回答：「論容貌，相似只有三四分，可是論氣韻神態，卻活脫像是大小姐，嗯，令堂好嗎？」

大麻子直接地稱陳大小姐為「令堂」，又說了那一番話，這令得白素不由自主，發出了一下呻吟聲來。我也僵住了無話可說。

因為大麻子的話，已經明明白白說明了陳大小姐就是白素的母親。

肯定了這一點之後，有許多謎團自然也迎刃而解，例如韓夫人何以和白素一見如故，自然是二小姐在白素身上看到了她姐姐的影子之故。

在容貌上，白素和父親相當接近，但是她的秀麗部分，必然來自她的母親。

一下子弄明白，確定了自己的生身之母是什麼人，白素自然十分激動。她發出了一陣呻吟聲，大麻子畢竟是老江湖，看出了事有蹺蹊，他便住口不再問，也不說，只是望着我們。

我忙道：「麻大叔，這其中有許多曲折，我們正要一一請教，請你先往下說。」

大麻子倒也爽快，不再多問，接着道：「大小姐看到了令尊，怔了怔，看樣子，她正要向令尊說話，令尊傷勢發作，一張口，噴出了一大口鮮血來，身又向前一俯，一頭栽進了江中，我立時一躍向前，一把沒將他抓住，倒是大小姐先出手，抓住了白老大背後的衣服，提起他上半身來。」

第七部

鐵頭娘子

陳大小姐當時出手抓住了白老大背後的衣服，一下子把已栽進江中的白老大上半身提了起來，用的雖然是尋常的手法，可是動作快捷，乾淨利落，而且白老大是多麼強壯的一條大漢，她一個弱質纖纖女子，竟然毫不費力就把他抓了起來，大麻子一下就看出大小姐身懷上乘武功，他也不禁呆了一呆。

大小姐提起了白老大，白老大還在一口一口噴血，大小姐轉頭望向大麻子，皺着眉：「麻叔，是你把他打傷的，還不拿你的獨門掌傷藥來。」

大麻子略為猶豫了一下，因為他那獨門掌傷藥，專治傷在他陰陽雙練掌力之下的傷勢，十分珍罕。雖然他一直跟着白老大，本就有意出手救治，可是大小姐說話，不是很客氣，他有點不願意。

大小姐看他有點不願意，就笑了起來：「麻叔，算是我問你討點，你也不捨得？」

一則大小姐明麗照人，二來她的身分尊貴，大麻子自然難以拒絕，「哈哈」一笑，伸手已把一隻小竹筒向大小姐拋了過去。

大小姐一伸手接住，嫣然一笑：「麻叔難道也要我捱上幾掌？」

大麻子臉上一紅，因為他在拋出竹筒之際，很想試一試大小姐的能耐，所以很用了一些力，大小姐要是草包，她這時正在江邊，很可能被竹筒上的力道帶得跌進了江水之中。

可是大小姐卻若無其事，接住了竹筒，而且拋回了這樣的一句話，才知她的本領之大，遠超乎自己的想像，大麻子自然覺得窘，趕緊打圓場：「大小姐說笑了。大小姐，聽說令尊正在找你呢。」

大小姐又是一聲嬌笑：「不勞麻叔費心。」

大小姐說着，站了起來，撮唇發出了一下清嘯聲，立時有兩匹健馬飛快地馳了過來。

大麻子看出大小姐有意把白老大扶上馬背去，正想過去幫他一下，可是大小姐伸手輕輕一托，已把白老大托上了馬背，她自己也翻身上了另一匹馬，一抖韁繩，一聲「麻叔再見」，就此絕塵而去。

大麻子在說完了大小姐江邊救白老大的經過之後，轉着手中的酒杯，望着我們。這時，我和白素心中也充滿了許多疑問，但我們先不提出來，等着大麻子進一步的解釋。

大麻子卻先感嘆起來：「女子習武，礙於先天的體力不足，走的都是輕盈靈巧的路子，像鐵頭娘子，一雙柳葉刀出神入化，可是一和白老大對敵，一招就被制住，就是力不如人了。大小姐的武功如何，我無緣得見，可是白老大身子足有兩百斤，她竟然能毫不費力把他托上托下，這就有點難以想像了。」

白素這時已經可以肯定陳大小姐就是她的母親，自然十分關心：「麻爺照你看，她的武功路子是什麼？」

大麻子用力搖頭：「十分邪門，單是她這身氣力，就不會是練出來的，必然是她自小就曾服食了什麼靈丹妙藥之故。」

我和白素互望了一眼，覺得大麻子的推測十分有理。因為獨目天王是倮倮人，來自苗疆，那是一個什麼古怪的物事都有的神秘國度，自然各種各樣的怪事，都可以發生，大小姐力大無窮，自然是拜獨目天王所賜。

我在這時問了一個問題：「當你慨然贈藥之時，白老大是不是知道？」

大麻子想了一想：「他那時仍在咯血，我看他神志不清，不可能知道發生了什麼事。」

白素當時沒有出聲，可是後來她問我：「你為什麼要這樣問大麻子？」

我想了一想，才道：「當年在江邊發生的事，實在是大小姐和大麻子合力救了令尊——若不是有那傷藥，令尊的傷勢絕難復原。可是令尊當時神志昏迷，卻不知道有大麻子贈藥一事。」

白素大是不高興：「你這是什麼意思？他醒轉了之後，大小姐會不對他說起經過嗎？」

我沒有說什麼，因為那正是我的想法；白老大醒過來之後，並不知道有大麻子贈藥一事，只當是陳大小姐救了他一命，理由很簡單，陳大小姐沒有把經過告訴白老大。

在得到愈來愈多資料之後，我漸漸感覺到，陳大小姐這個人，雖然武功絕頂，美麗動人，可是並不是一個可愛的人物，至少她行事極度任性，而且，以為她自己是全世界的中心。

但是這個人，既然已經可以肯定是白素的母親，我當然不能把自己的想法直接說出來——單是我旁敲側擊地問上一句，白素已經不高興了。

我在那時，還隱隱感到，白老大後來要帶着稚子幼女，離開苗疆，自然是他和陳大小姐之間，有了天翻地覆的變化之故，而這種變化的責任，只怕一大半是要陳大小姐負責的——這也是白老大對這一段經歷諱莫如深，一句也不肯透露的原因，試想，他怎能在自己的子女面前，數落子女的母親的不是？

我雖然有這樣的想法，可是也不敢把這想法和白素討論，因為我知道，在感情上，白素必然無法同意我的想法。

當時，大麻子又道：「我知道有了我的傷藥，白老大十天之內必能痊癒，倒也放心，就沒有再跟下去，聽說，他和大小姐，並轡入苗疆，見過他們的人，無有不稱讚他們是天造地設的一對。」

我和白素齊聲道：「是有人那麼說。」

大麻子反問：「他們是在苗疆成的親？令堂……哈哈，大小姐可還健在嗎？」

這是他第二次問同樣的問題，而且聽得出是故意的。

大麻子的這一問，可問得我和白素面面相覷，半晌答不上來，神情也古怪之極，倒令得大麻子也尷尬了起來：「可是我說錯了什麼？當我兩次都沒問過如何？」

我和白素互望了一眼，都是一樣的心思：大麻子久歷江湖，人生閱歷豐富之至，不如把一切情形，向他和盤托出，聽聽他的意見。

雖然事情和白老大的隱私有關，但是我們相信就算說了，大麻子恪守江湖道義，也一定不會到處傳播的。

我和白素就交替着把事情詳細地向大麻子說了一遍，所花的時間相當長，等我們說得告一段落，大麻子早已酒醉飯飽了。

他雙手捧着肚子，大讚老蔡的廚藝，一面又嘖嘖稱奇，搖頭不已。我和白素問：「照你看，這其中有什麼蹺蹊？」

我曾留意，他在聽我們講的時候，雖然裝出不經意的樣子，但是事實上，我們所說的一些事，也足以勾起他遙遠的回憶，所以他聽得十分用心。

這時，他先沉默了一會才開口，卻又不直接回答我們的問題，先閒閒地道：「二小姐嫁的那三堂主，並不在園，不是哥兄哥弟。」

雖然他答非所問，可是他的話，也令人吃驚。哥老會的組織嚴密，怎麼能允許一個不在園的貴四哥，自稱是三堂主？

（「貴四哥」是會外人；「在園」是會員。）

大麻子看出了我的驚訝，他於是解釋：「韓三是豪富家的子弟，他韓家有好幾十口鹽井火井，富甲一方，家財像海一樣。他喜好結交江湖人物，可是又不願入幫會，受了拘束，他恰又行三——所以自稱三堂主。當時也有人說不可以這樣，可是他花錢如流水，兄弟如有要求，無不應從，他說，他不在幫會，可是陪着眾弟兄一起玩，卻是真心誠意。恰好排名第三的內八堂堂主，稱着『陪堂』，所以他這三堂主，也就這樣叫下來了。」

我和白素聽了之後，不禁啞然失笑——我們曾多方去打聽韓三堂主的去向，可是並無所獲。原來是我們找錯了方向，他根本不是哥老會中的人，自稱「三堂主」，只不過是富家弟子鬧着好玩。

大麻子又道：「韓三是怎麼樣會娶了二小姐的，倒不知其詳，韓三人是很好的，只是太好這個——」

他說到這裏，作了一個吸食鴉片的手勢：「這人短命了一些。他死了之後，也沒有聽說二小姐怎麼了。」

死了丈夫之後的二小姐，我們倒是見過一次的。當時怎麼都想不到白素和二小姐之間，會有那樣的關係，所以才沒有了下文。

推測起來，二小姐和何先達，又到苗疆去了，只是下落難明。

我們又想問大麻子關於白老大的事有什麼看法，可是他只是不斷地講述韓三在世之時，如何揮金如土，窮奢極侈的事，忽然，話鋒又一轉：「那個獨目天王，在韓府也住了一陣子，想來陳大帥託孤給他，他就要為二小姐找一個好歸宿。」

我說道：「這個倮倮異人，是大小姐的師父，後來不知如何了。」

大麻子呆了半晌，才道：「恕我直言，這獨目天王不帶二小姐到苗疆去找大小姐的原因，我想多半是由於他不敢見大小姐。」

我和白素大訝：「為什麼？」

大麻子長嘆一聲：「你們想想，他既然暗戀着大小姐，又知道自己萬萬沒有成功的希望，甚至見了大小姐，連正眼都不敢望，唉，那就相見爭如不見了。」

忽然之間，大麻子出言又如此文雅，倒很出人意料，而且，他對獨目天王所作的心理分析，也十分合情合理，獨目天王正因為知道大小姐在苗疆，這才不去找她的。

我和白素一起點頭，表示同意，大麻子忽然笑了起來，伸手在自己凹凸不平的臉上用力撫着：「這暗戀的滋味，我倒也嘗過的。」

我打趣道：「麻爺暗戀過誰？」

大麻子喝了一口酒：「這是……許多年前的事了，她不知道有沒有見着白老大？」

一心以為大麻子是在說他自己的事，當我打趣他的時候，白素已瞪了我一眼，嗔怪我不應該把話題岔了開去，可是忽然之間，峰迴路轉，事情竟然又和白老大有關，這真令人感到意外之至。

大麻子再在臉上撫了一下，緩緩地道：「鐵頭娘子一入總壇，全壇上下，沒有娶妻的，無有不想把她據為己有，我一臉一頭大麻子，也不甘後人。」

這樣一說，我們才知道他說的是鐵頭娘子，可是鐵頭娘子和白老大之間，又有什麼糾葛，難道是她要報雙刀割臂之仇？

我和白素互望了一眼，都覺得事情還有我們不明白之處，所以我們都不出聲，等大麻子說下去。

大麻子一面喝着酒，神情不勝欷歔：「可是鐵頭娘子誰都不理，而且手段極辣，有幾個堂口中有頭有臉的大爺，若是在口舌上輕薄，倒也罷了，至多老大的耳刮子打將上來，捱了打的漢子，雖然有頭有臉，但又能怎樣？先是自己的不是，再說，她打了你之後，雙手叉着腰，似笑非笑地望着你，指着自己的笑臉，叫你打回她，誰又捨得打她的俏臉了？」

大麻子的這一段話，說得十分生動，說着，他又在自己的臉上，重重摸了一下，看來竟像是他昔日也曾捱過鐵頭娘子的掌摑一樣。

看了這種情形，我和白素想笑，可是又怕大麻子着惱，所以強忍住了。

大麻子嘆了一聲：「捱她打的漢子，頭一次，臉上還不免有點掛不住，可是說也奇怪，平時一言不合就要拚命的人，慣了白刀子進紅刀子出的剽悍漢子，捱她的打，竟然會上癮，輕薄的話，故意在她面前說，就是為了要捱耳刮子——捱她的打，也算是和她……有了……肌膚之親了吧。」

大麻子說得十分認真，我和白素聽了，也不禁十分感動。像大麻子那樣的袍哥大爺，過的是刀頭上舔血的生活，可以說是朝不保夕，這一類莽莽撞撞的江湖漢子，別看他們粗魯，行為不文明之至，可是對於異性的那份情意，只怕比文明人更加浪漫，更加動人。

他們自己有自己的一套發泄感情的方法，自然不會有什麼花前月下，但是必然更原始，更認真，也更叫人蕩氣迴腸。

大麻子說着，又伸手在自己的麻臉上撫摸着，他也看出了我和白素的神情有點古怪，他腆顏笑了一下：「不怕兩位見笑，我這張麻臉，就曾……嘗了不少掌，老大耳刮子打上來，連聲音都是好聽的。」

我和白素這時真的不想笑了，齊聲道：「沒有人會笑你。」

我補充了一句：「好色而慕少艾，是人之常情。」

大麻子瞪着我，這句話他沒有立時聽懂，我就解釋：「看到漂亮的么妹子，喜歡她，是人之常情。」

大麻子長嘆了一聲：「可是我們這票人之中，最有種的，要算大滿了。」

我們知道「大滿」並不是人名，而是哥老會中稱排名第九的九爺的隱語。

大麻子搖頭咂舌：「大滿老九那天喝了……酒，漲紅了臉，說什麼都要摸鐵頭娘子的奶子。」

我用極低的聲音咕噥了一句：「要糟。」

大麻子像是沒有聽到我的「評語」，自顧自在回憶着往事：「川人嗜辣，什麼辣椒都吞得下，可就是她這隻鐵辣椒，連舔都沒有人舔到過；大滿老九一發話，我們也在旁邊起哄，要看熱鬧。」

白素聽到這裏，大有不滿之色，我連忙向她使了一個眼色，請她別發表意見。

或許是男人和女人的立場不同，像大滿老九酒後起哄，對女性來說，可能認為是侮辱，但對男人來說，既然大家都是江湖兒女，也沒有什麼大不了。

大麻子又道：「老九趁着有酒意，還說了許多風話，唉，這些話，全是我們這些人藏在心裏想說的話，所以他說一句，我們就喝一聲彩——」

大麻子在這裏，把大滿老九當年調戲鐵頭娘子的風言風語，回憶了十之八九，不過我不複述了，出自這種江湖漢子酒後的口中，還會有什麼乾淨話？自然是又粗又葷，滿是男女之間的性事形容了。

白素皺着眉：「不是說她性子極烈麼？」

大麻子嘆了一聲：「誰說不是？鐵頭娘子的回話來了：光說沒用，想摸，就要動手。」

大麻子講到這裏，陡地靜了下來，只是喝酒，好一會不出聲——這情形，和當年的情形一樣，鐵頭娘子此言一出，所有跟着起哄的野漢子，都靜了下來，盯着鐵頭娘子看，大多數的視線，都落在她飽滿誘人的胸脯之上。

鐵頭娘子也不惱，俏臉神情，似笑非笑，聲音動人：「不過話說在前頭，我是黃花大閨女，奶子鼓脹之後，還沒給男人碰過，可不能説摸就摸。」

大伙兒知道，事情一開始是嬉戲，但發展到了這一地步，已經變成來真的了，所以各人的酒意，也去了幾分，大滿老九也是一樣——老九是富家子弟出身，出了名的風流種子，人也長得長身玉立，算得上是美男子。

老九仍然涎着臉，可是看得出，他是真的想摸，並不是説説就算。他自然知道，在眾目睽睽之下，鐵頭娘子要是叫他摸了奶子，那自然就是他的人了。所以，他一字一頓地問：「好，怎麼個摸法？」

鐵頭娘子笑，她的笑容令得在場的漢子，看得個個心煩意亂，可是她的話，卻又令得人人心頭一凜。

鐵頭娘子的話是：「大家一起出手，看是你的手快，還是我的刀快……」

鐵頭娘子的柳葉雙刀，據説是未曾會站，坐着的時候就練起的（當然是誇張），出刀之快，如光如電。她是擺明了：你出手，我出刀，一出刀，血濺當場，誰知道大滿老九會受什麼傷？

一時之間，人人屏住了氣息，大滿老九一聲長笑：「好，一言為定。」

他一個「定」字才出口，右手疾如閃電，倏然抓出，抓的正是鐵頭娘子的胸口。

在場的會家都看出，老九的這一出手，豈止是輕薄行為「摸奶子」而已，簡直是擒拿手之中的精妙之着，五隻手指，可以攻向鐵頭娘子胸前的好幾處大穴。

而且，他和鐵頭娘子相隔極近，鐵頭娘子的柳葉雙刀還在鞘中，相隔近了，要抽刀進攻，也比較困難，看來老九可以得手，鐵頭娘子要吃虧了。

那一剎那，許多人心中都大是後悔，心想：只要膽子大，就可以得手。唉，自己的膽子不夠大，這下子全是大滿老九的天下了。

可是，各人的欣羨之心才起，情形就有了急劇的變化，只見精光一閃，一道白虹，伴着一道血光，陡然迸現，鐵頭娘子手起刀落，已把大滿老九的右手，齊腕削了下來，出手之快，無與倫比。

雖然人人都知道，事情發展下去，會有變故發生，但是也沒有人料到，變故會發生得如此之快，如此嚴重驚人，一時之間，人人如泥塑木雕，非但沒有人有動作，連出聲的人都沒有。

當其時也，鐵頭娘子臉罩寒霜，斷手落地，皮肉翻轉，白骨暴露的禿腕，鮮血狂噴，把鐵頭娘子的上半身，噴得全是鮮血，情形十分駭人，可是接下來的變化，更出人意料。

那大滿老九，當真是剽悍之極，他出手未捷，斷了一手，已成了殘廢之人，可是他卻連想都未想，也未曾縮回右手來，左手又已向鐵頭娘子的胸口抓去。

這一下行動，自然更出乎所有人的意料之外，只見他這裏才一出手，又是精光一閃，鐵頭娘子的柳葉刀，再度比他的手更快，所有人的心一下子全提到了口邊——要是雙手齊斷，那可是徹底的廢人了，嬉戲會變成那麼嚴重的後果，那是誰也料不到的。

可是這一次，精光一閃之後，卻並沒有血花飛濺，各人懸着心看去，只見大滿老九的手，離鐵頭娘子胸脯最鼓起之處，硬是還差了半寸。可是鐵頭娘子的柳葉刀，卻已平壓在老九的手腕之上。

柳葉刀雙面刃口，鋒利無比，也就是說，若不是鐵頭娘子手下留情，把刀放平了，大滿老九的另一隻手，也就已落地了。

大滿老九長嘆一聲，僵立不動，鐵頭娘子極快地還刀入鞘，用力一扯自己的上衣，把上衣扯下了一大半來，再一扯，扯成了布條，極快地緊紮住了老九右臂彎，再緊緊包紮了斷腕。

她一扯脫了自己的上衣，雖然不至於上半身全裸，可是雙肩雙臂全裸，在那個時候，也就夠瞧的了。只見她雙臂之上，都戴着黃澄澄的金膀圈（臂釧），黃金的奪目，襯着她黑而潤的肌膚，格外悅目好看。

她對衣着，十分考究，在猩紅的肚兜上，居然還鑲着「闌干」（一種錦緞所織的花邊），十分華麗，酥胸半露，自然誘人之極。

可是才經過了如此驚心動魄的變故，各人哪裏還會有什麼邪念，都只是連大氣兒都不敢出。

鐵頭娘子包紮好了禿腕，勉強止住了血，這才對僵立着的大滿老九淒然一笑，聲音委婉：「九爺，你拚着雙手不要，也要摸我奶子，我就讓你摸個夠。不過九爺要明白，我可不會跟你。」

她說着，胸脯向前，挺了一挺，閉上了眼睛。

這時候，所有人更是緊張之極。

因為大滿九爺的左手，離鐵頭娘子的胸口，不足半寸，既是鐵頭娘子這樣說了，老九自然可以愛怎麼摸，就怎麼摸。

可是，鐵頭娘子又說了最後那句話——風氣再開，江湖兒女再豪爽不拘小節，要是老九真的動了手，鐵頭娘子除非是嫁他為妻，不然，也就再無面目見人了。

第八部

江邊訴情懷

可是鐵頭娘子話說得明白，她絕不會跟老九。那也就是說，老九一動手，她不會躲避，可是事後，除了自行了斷之外，別無他途，只怕柳葉刀再出鞘，鐵頭娘子會當眾抹脖子。

有好些人想出聲喝阻老九，可是老九才斷了一隻手，況且又是鐵頭娘子自願的，似乎又不好勸阻。

就在這一猶豫之間，只見大滿老九的左手，劇烈發起抖來，差那麼半寸的距離，竟然無法遞向前去。

其實只是極短的時間，但是在所有人的感覺上，卻都像是過了許久許久一樣，老九才一聲慘笑，轉過身，一腳把地上的斷掌踢得飛了起來，朗聲道：「列位哥兄哥弟都親眼目睹，是我不自量力，和任何人無關。」

他大踏步走了出去，鐵頭娘子緩緩睜開眼來，所有的人，這才鬆了一口氣，知道變故到此為止，不會再擴大了。

大麻子說到這裏，又停了好一會。

江湖上怪二五茲（離奇古怪）的事情雖然多，可是大麻子所說的這件事，也聽得我和白素半晌說不出話來。大麻子道：「這事發生之後，老九若無其事，鐵頭娘子也對他仍然不假詞色，所以我們人人都死了心，以為她這一輩子再也不要男人的了，誰知道她是心頭高，見了白老大這樣的人物，就花貓發情了。」

「花貓發情」是俚俗的說法，文雅一點的講法是「起了愛意」。

我和白素又握了握手，鐵頭娘子這樣性格的女性，要是一旦看中了什麼男人，只怕會沒完沒了，不達目的，誓不干休，看來有無限風波，會因此而生。

想起大麻子說過的話，我失聲道：「她到苗疆找白老大去了？」

大麻子並不立刻回答，先是深深地吸了一口氣，然後，無限感嘆：「女人一發起情來，那比山洪暴發更加可怕，真是九牛挽不轉。」

聽得大麻子有這樣的感慨，我們更知道事情還有許多下文，所以都以焦急的神情望着他。大麻子又在臉上撫了一下，才道：「白老大一出總壇，我就跟在他的後面，卻沒料到，還有人跟在我的後面。到了江邊，我眼看陳大小姐和白老大離去之後，聽得身後有一陣嗚咽呻吟之聲傳來，回頭一看，看到了鐵頭娘子，傍着一塊大石，失神落魄地站着。」

大麻子略頓了一頓，才又道：「原來鐵頭娘子也一直跟了出來。」

大麻子乍一見到鐵頭娘子也在江邊，自然大是詫異，他來到了鐵頭娘子的身前，問：「你怎麼也來了？」

鐵頭娘子並不望向大麻子，卻雙手齊出，一下子就緊緊抓住了大麻子的手臂，視線投向遠處，那正是白老大和大小姐離去的方向。

平日那麼巴辣，那麼能幹的鐵頭娘子，這時神情茫然，一副六神無主的樣子，眼中淚花亂轉，雙手手心冰冷，可見得她的心情糟糕之極。

大麻子在江湖上打滾，自然知道鐵頭娘子必然有重大的心事，所以他並不以為自己這是飛來艷福，他輕拍着她的手背，安慰她：「鐵妹子，怎麼啦？」

鐵妹子平日真是「鐵妹子」，而且更多的時候，還是燒紅了的鐵，可是這時，卻成了豆腐妹子，大麻子一問，她索性「哇」地一聲哭了出來，邊哭邊跺着腳問：「我該怎麼樣？我該怎麼樣？」

（她當時說的自然是「我該咋辦？」）

看她淚如泉湧失魂落魄的樣子，顯然連在安慰她的是誰她都沒有弄清楚。

這更令得大麻子駭絕——鐵頭娘子根本不知道自己是在對誰說話，由此可知她心緒混亂之極，以她的為人，豈能隨便向人吐露心聲？而現在居然如此，可知她離失心瘋也就不很遠了。

大麻子倒當機立斷，揚起手來就是一個耳光，「啪」地一聲過處，鐵頭娘子的半邊俏臉立時又紅又腫，她陡然一怔，大麻子這一耳光，當然未曾運上紅沙掌、黑沙掌的雙練掌力，可是分量也不輕，打得鐵頭娘子的視線從遙遠處收了回來，眼神也由空虛變成實在，雖然仍是淚眼模糊，但是已經可以看清楚在她面前的是什麼人了。

大麻子又趁機大喝一聲：「什麼咋辦不咋辦，你在胡思亂想什麼？」

給大麻子一打一喝，鐵頭娘子顯然已從剛才迷迷糊糊的境地之中醒了過來。她鬆開了掐住大麻子手臂的雙手，身子貼着那塊大石，軟軟地滑了下去。大麻子好幾次想出手把她提起來，可是手卻伸了出去又縮回來，始終沒敢去碰她的身子。

因為這時，鐵頭娘子看來身子其軟如綿，大麻子若是要出手去扶她，非得和她「肌膚相親」不可，大麻子是好漢子，自然不會做這種乘人於危的事。

鐵頭娘子的身子一直向下滑，直到坐倒在地，雙手掩臉，又抽抽噎噎哭了起來。

老實說，鐵頭娘子自入總壇以來，大麻子對她的一舉一動，都十分留意，根本沒見她哭過，只有一次，她和各堂哥兄說起自己的身世時，才有黯然神傷的神情，可是一雙大眼睛，仍然是黑白分明，連紅都沒有紅過。可是現在，竟然哭得像一個什麼主意都沒有了的小女娃一樣。

大麻子知道事非尋常，他沉住了氣：「光哭有屁用，到底發生了什麼事？」

鐵頭娘子一面抽噎，一面道：「你們是全看見的了，還來問我。」

鐵頭娘子忽然冒出了這樣的一句話來，大麻子伸手在頭頂上摸着，全然不知是什麼意思，一時之間，不知如何搭腔才好。

鐵頭娘子放下了雙手，抬起頭來，她不顧大麻子一臉的訝異莫名之色，自顧自道：「他一直在向我使眼色……挑引我，直到臨走，還用眼角問我是不是肯跟他走……我這樣傷在他的手下，除了跟他走之外，還有什麼辦法？誰知道到了這裏，出了這樣的事。」

鐵頭娘子開始說的時候，還有點斷續不連貫，說到後來已十分流利，她的聲音之中，帶着一點哭音，聽來也更凄楚動人。她的話，大麻子字字入耳，可是直到她說得告一段落，大麻子硬是不知道她在說些什麼，只好怔怔地望着她。

鐵頭娘子一挺身，站了起來，恨恨地道：「麻哥，你下手怎麼那麼重！」

大麻子苦笑，這才知道鐵頭娘子口中的「他」，原來是白老大。

大麻子心細，立時把剛才在總壇發生的事迅速想了一遍，他胸口如被尖錐刺了一下一樣，失聲叫了起來。

他心中明白，鐵頭娘子誤會了。

鐵頭娘子以為她受了傷，白老大既然手下留情，自然是對她有意。她又以為白老大和她眉目傳情，是在挑逗她，大麻子也曾留意到，當時白老大臉上的笑容十分輕佻，像是在調戲年輕婦女一樣。

大麻子知道自己的掌力，他肯定在那種情形下，白老大決無可能去情挑鐵頭娘子，白老大當時正在眼前發黑，金星亂迸，什麼也看不見，鐵頭娘子卻以為白老大在向她眉目傳情。這種誤會，若是發生在別人的身上，大麻子一定會忍不住哈哈大笑。

可是，發生在鐵頭娘子身上，他非但笑不出來，而且心中還一陣發怵。

他知道鐵頭娘子的為人，若是她誤以為白老大對她有情意，而她自己又對白老大一往情深的話，那麼，不論是什麼人，向她解釋那只不過是誤會，她都不會相信。

大麻子一面心頭亂跳，可是他又想起，在總壇之中，第二掌之後，第三掌之前，他曾不想再出手，可是鐵頭娘子卻大叫了一聲「且慢」，似乎她不肯放過白老大，這又是怎麼一回事？

本來，他想先說明有了誤會一事，可是又不知如何開口才好。正好想起了這個疑問，所以他就問了出來：「你現在嫌我下手太重，可是當時我有意留着第三掌不發，你為什麼大叫『且慢』？」

鐵頭娘子一聽，把眼張得老大，一臉訝異之極的神情，反問道：「你以為我這樣叫是什麼意思？」

大麻子道：「你才吃了虧，當然是不肯到此甘休，要我再發第三掌。」

鐵頭娘子一面搖頭，一面現出懊喪惱怒之極的神情：「你想到哪裏去了？我這一點傷，算得了什麼，那正是他向我留情的表示，我怎會恨他？我叫那一聲『且慢』，是怕有人不服，不肯讓他就此離去，那我就要舞雙刀，護他離開，誰要阻攔，就是和我過不去。」大麻子聽了這一番話，當真是目瞪口呆，整個人如同泥塑木雕，不但動彈不得，連出聲都難。

後來，他在向我們說起經過時，還斬釘斷鐵地道：「鐵頭娘子這番心思，當時在場的那麼多人，要是有一個能想得到，我把頭給他。」

我和白素也不禁發怔。

當時的情形，大麻子曾說過，我們也有印象。確然，鐵頭娘子當時那一聲「且慢」，自然是人人都料她是不肯輕易放過白老大。又怎麼想得到，女人的心是如此易變，剎那之間，已化仇為愛，要不惜一切，和白老大站到一邊去了。

當時白老大立時拒絕了大麻子的提議，大麻子也立即拍出了第三掌，其間竟然沒有給鐵頭娘子表達心意的機會。而這還不糟糕，糟的是，鐵頭娘子誤以為白老大已經明白了她的情意。

這真是陰錯陽差，天大的黑色誤會。

大麻子當時張大了口，不知說什麼才好，鐵頭娘子卻以為大麻子也明白了，她十分關心地問：「他的傷……能完全治好？」

大麻子那時，心亂如麻，他先嘆了一聲，才道：「有了我的獨門傷藥，必能痊癒……」

鐵頭娘子垂下頭去，手指繞着衣角，看得出她正柔腸百結，她怯生生地問：「剛才那……天仙似的妹子，是大帥的……大小姐吧。」

大麻子吸了一口氣：「是。」

鐵頭娘子一副鼓足了勇氣的神情：「他和大小姐……是早就相識的？」

大麻子苦笑：「誰知道？」

鐵頭娘子神情茫然：「若是他早和大小姐相好，他又為什麼對我顯示情意？」

大麻子大喝一聲：「他沒有向你傳達情意，沒有。」

這一下當頭棒喝，若是能喝醒了鐵頭娘子，倒也好了。怎知鐵頭娘子一聽，也不生氣，反倒甜甜地笑了出來：「麻哥，我生受他的情意，我當然知道。」大麻子一口氣轉不過來，幾乎昏了過去。

他看出鐵頭娘子認定了白老大對她有情意，再也轉不過來，他當然無法令鐵頭娘子相信，在白老大生死繫於一線的情形之下，是絕對沒有可能再和她眉目傳情的。

當時大麻子也是一時氣不過來，所以說的話也就不怎麼好聽了，他冷笑了一聲：「好啊，現在人叫帥府的大小姐帶走了，你準備怎麼辦？」

大麻子分明是在揶揄她，可是鐵頭娘子卻認了真，秀眉緊鎖，眼神茫然，聲音之中充滿了憂慮：「我和……大小姐，自然無法相比，但是他是江湖上的大豪俠，未必會喜歡官宦人家的小姐，反倒是我，能和他……」

鐵頭娘子說到這裏，又甜甜地笑了起來，雙手十分溫柔地撫摸着自己的手臂——那裏才有被她自己柳葉雙刀劃出的口子，雖然敷了傷藥，紮了布條，但是在布條之上，還可以見到隱隱的血迹。

不過看鐵頭娘子這樣的神情，當然這時她心中非但沒有恨意，而且滿是愛意。

大麻子無話可說，只是一個勁兒搖頭，鐵頭娘子癡癡地道：「麻哥，我是鐵了心要跟他的了，代我向各位哥兄哥弟說一聲，我這……不算是反叛吧？」

大麻子仍然沒有出聲，因為他看出鐵頭娘子神思恍惚，也根本沒有預期要他的回答。果然，鐵頭娘子連看都不看向他，只是沿江向前望着，望的是大小姐和白老大離開的方向。

鐵頭娘子甚至不當有大麻子的存在，緩緩的轉過了身，口中哼着小調，就沿江走了出去，竟然連道別也忘記了，大麻子望着她的背影，連連頓足。

大麻子回到總壇，向各人一說，各人有的駭然，有的失笑，有的嘆氣，有的懊喪，反應不一，還有幾個人，唯恐她吃虧，還立時啟程去追她，可是鐵頭娘子和大麻子江邊一別之後，從此芳蹤杳然，竟然再也沒有人見過她。

大麻子講完了鐵頭娘子的事，我和白素都呆了半晌。鐵頭娘子若是鐵了心要跟白老大，她當然也進入了苗疆。

可是，大小姐和白老大在入苗疆之前，還有不少人見過他們，為什麼沒有人見過鐵頭娘子呢？

我把這個問題提了出來，大麻子攤着手，表示他沒有答案，我再向白素看去，忽然在那一剎那，在白素的臉上看到了一種十分奇怪的神情——那顯然是她想到了一些什麼，可是又不想說給我聽的一種神情。

這使我大惑不解——白老大有秘密不肯告訴子女，已經不可理解，如果白素竟然也有秘密不肯告訴我，那更加不可理解了。

我並沒有追問，只是注視着她，白素避開了我的目光，若無其事地道：「鐵頭娘子若是跟了父親，父親不會有那兩年的快樂日子。」

大麻子打了一個「哈哈」：「白老大如果鬧三角戀愛，這倒有趣得很，聽說大小姐很洋派，洋派女子，只怕不會讓白老大一箭雙鵰。」

大麻子是粗人，又恃老賣老，自然說起話來，有點口沒遮攔，白素表示不滿，瞪了大麻子一眼：「麻叔。」

大麻子呵呵笑着，指着白素：「你放心，你決計是大小姐的女兒，不會是鐵頭娘子，鐵頭娘子雖然標緻，可不是你這個款。」

白素不禁苦笑，她先是以為自己的母親可能是倮倮人的烈火女，後來，又知道了是陳大小姐，可是忽然之間又殺出了一個鐵頭娘子來。由此可知，當年發生在苗疆的事，必然有着十分錯綜複雜的經過，不是一下子弄得明白的。

大麻子酒醉飯飽，翩然而去，臨走的時候道：「本來想和令尊敘敘舊的，卻難以如願，人老了，見一次就少一次，這一次見不着，就可能再也見不着了。」

這一番話，他說來大是感慨，江湖的豪邁漢子，忽然也會如此傷感起來，當然和他年事已長有關，聽來也格外令人悵然。

大麻子忽然話鋒一轉，又笑了起來：「我給白老大的獨門傷藥，大小姐並沒有問我如何用法，我想她一定是知道該如何用的。」

我心中一動：「該如何用的？」

大麻子一面向前大踏步走着，一面道：「先要把傷者赤身露體，放在一隻大木桶之中，用極熱的水，浸上一個時辰。白老大後來傷好得快，自然是方法用對了，哈哈……哈哈……哈哈……」

其時，恰好暮色四合，大麻子老大的個子，一面笑着，一面向前走去，背影在暮色之中，由模糊而到消失不見。我們直到他走得看不見了，這才回到屋中。

我和白素好一會沒出聲，白素才道：「爹不肯把事情告訴我們，真是大有曲折。」

我笑了一下：「讓我們一步一步去探索，一環一環去解開，也很有趣——照你看，鐵頭娘子如此癡心一片，在整件事之中，起的是什麼作用？」

白素悵然搖頭：「我不知道。」

關於鐵頭娘子的討論，這一次就到這裏為止，因為雖然知道了許多事實，但是完全無從推測起——當然，很有可能，會有「三角戀愛」的局面出現，但是想起來，白老大絕不會對鐵頭娘子有情意，這個可能性，自然也是少之又少的了。

在那次見了大麻子之後，白素設法找到了白奇偉——那一段時間之中，白奇偉的行蹤比他父親更是飄忽，要找他不容易，而他在收到了大麻子所敘述的經過之後，只帶來了一句回話：「想不到竟然是將門之後。」

這一點，倒是和我們一樣的——在大麻子的敘述之中，知道了許多事，最重要的一點，自然是確定了白素兄妹的母親是陳大小姐，那是帥府的大小姐，自然連白素兄妹，也是將門之後了。

肯定了這一點，自然最有力的證據，還是大麻子臨別時的那一番話。要治白老大的傷勢，必須有赤裸身體的治療過程，大小姐當年再洋派開放，也不能無情。再印證白老大曾說過救命之恩無以為報的話，經過情形，旖旎風光，實在可想而知了。

問題是不知道後來發生了什麼變化而已。

變化是一定有的，而且極可能是突變，就在白素出生後的那些日子內，發生了突變。

往事的探索，要暫告一段落，先說最近發生的事，主線人物是女野人紅綾。

在我看完了那一百五十多卷錄影帶之際，白素曾有表示，要把女野人紅綾帶到文明社會來，我當時就表示了強烈的反對。

過不了幾天，白素又舊事重提，這次，她先是說：「我要到苗疆去。」

我皺着眉，白素這樣説了，那就是表示她非去不可了。

我只好道：「才回來，不必去得那麼密吧。」

白素看來閒閒地在説着，但是我卻可以知道，她的話，有極重的分量，她道：「我這次去，另有目的。」

我只好使氣氛輕鬆些：「乞道其詳。」

白素作了一個手勢：「我這次去，是要紅綾帶我到靈猴聚居的所在去。」

我嚇了老大一跳：「素，令兄去過，説那根本是鳥飛不到的險地。」

白素揚眉：「有人去過，我可以去得到，況且紅綾的身手如此之高，她可以帶我去。」

我苦笑：「她怎認識路？」

白素笑了起來：「你擔心什麼？紅綾説，她有辦法，一路上，可以靠各種各樣猿猴帶路，總可以到達靈猴聚居之處的。」

我攤開雙手：「好，就算可以去得到，可是請問：目的何在？」

白素卻沒有立時回答我這個問題。在她沉吟未答之間，我靈光一閃，想到了她的目的，自然也不免嚇了老大一跳，失聲問：「你……以為令堂有可能還和靈猴在一起？要去找她？」

白素一點也不大驚小怪，神態恰好和我相反，她道：「如果她還在，能夠找到她，自然最好。要不，看看紅綾從小是怎麼在靈猴撫養下長大，也是好的。」

我團團亂轉了片刻，白素只是冷靜他望着我。我總算站定了身子：「你說這次去的目的是找靈猴，難道去了之後，還想再去？」

白素的回答，來得快絕：「是，不斷地要去，甚至考慮長住苗疆。」

我張大了口，說不出話來，只是伸手指着自己的鼻尖，意思是問：「我呢？」

白素低嘆了一聲，神情惘然。

第九部

女兒

我大聲問了出來：「我呢？」

白素這才道：「我們一直是會少離多，也不在乎我常住苗疆吧，況且，你想團聚，也可以到苗疆來。」

我叫了起來：「好，倒回去了，我一直以為自己有機會移民外星，誰知道會在苗疆終老。」

白素居然還笑得出來：「你又不同意把紅綾帶出來，那麼自然只好我到苗疆去了。」

我呆了呆：「那小女野人，對你如此重要？」

白素先是望着我，接下來，她的動作，古怪之極，她突然向我撲了過來，緊緊地抱住我。而且，她的身子在劇烈地發顫。

在那一剎那，我真的嚇壞了，因為我自從認識白素以來，她從來也沒有這樣子過，我不知道該說什麼才好，只能也緊緊地回抱着她。

接着發生的事，在一開始的時候更是令我怪異莫名，因為不但白素的身子在發抖，連我，也劇烈地顫抖了起來。一開始發抖的時候，我還在自己問自己，我不知道白素為什麼要發抖，我甚至也不明白自己為什麼要發抖。

可是緊接着，我在心中大叫了一聲：「啊！」白素表現如此極度的驚恐，不是第一次，在我的記憶之中，在很久很久之前，她曾有過一次同樣的極度驚恐。

一有了這樣的感覺，我整個人抖得更厲害，白素像是已沒有抱得我那麼緊了，她可能已離開了我少許，正在注視着我，可是我卻無法看到她，因為我的視覺能力，在那一剎那，至少喪失了十之八九，我看出去，只是看到一團團靜止或在移動的影子。

我勉力想鎮定心神——在這時候，我知道有極不尋常的事會發生，可是還是不知道是什麼事。

緊接着，只覺得頭頂之上響起了一下難以形容的巨響，而這下巨響，在感覺上，是由一下千百噸分量的重擊，擊向我的頭頂而產生的。陡然之間，我整個頭，也許是整個人，都在那一下巨響聲中，碎裂成為千萬億片，把埋藏在記憶最深處，塵封了許久，以為再也不能見天日的悲慘記憶，重又飛舞而出，一點也沒有因為封藏了那麼久而減少痛苦。

這情形，就像是遠古的怪物，被封埋在地底的深處，忽然由於非常的變故，山崩地裂，怪物又得以咆哮怒吼而出一樣，勢子的猛惡，比當年怪物在地面之上肆虐之際，還要強烈了不知多少倍。

原振俠醫生曾分析我對於那段痛苦的經歷的處理過程，是強用自己的意志力，先是不去想，再是努力把它忘掉，結果，真的能人所不能，把這段苦痛的記憶在我的記憶系統之中消除了。

當然，原醫生錯了。

這段痛苦的記憶，並沒有消失，只是在自欺式的連「想也不想去想」的情形下，被深深地埋藏了起來——它還在，完完整整地在，只是被埋藏了起來。

而這時，它穿破了一切封藏它的力量，無比鮮活地飛舞而出，使我記起了白素上一次這樣驚恐的情形。

那一次，她先是發出了一下驚叫聲，然後，從樓梯上飛撲而下。那時，正是午夜過後，我和她才從外面回來，她先上樓，我還在樓下，所以，她一撲了下來，就整個人都撲進了我的懷中。

她緊抱住了我，全身劇烈地發抖，我嚇得不知所措，也抱住了她，連聲問：「怎麼啦？怎麼啦？」

我當時由於驚惶之極，所以問來問去，都只是「怎麼啦」這一句，白素在我問了幾十句之後，才抬起頭來，她那種驚駭的神情，我從來也沒有見過，她的聲音也變得全然陌生，自她口中吐出來的是一連串重複的、同樣的詞，她顫聲在叫的是：「女兒……女兒……女兒……女兒……」

女兒。

女兒，當然是我和白素的女兒。

我和白素成婚之後不久，就有了一個女兒。在所有父母的心目之中，自己的女兒永遠是最可愛的小女孩，我和白素自然也不能例外。

所以，女兒一出世，就成了我和白素生活的中心，一切都環繞着這個胖嘟嘟、圓臉大眼的小女孩而進行，生活對我和白素而言，有了新的意義。任何人，若是沒有經歷過人自嬰孩開始的生活，那麼，生命就不算完整，因為人對自己幼年沒有記憶。

眼看着嬰孩每天不同的變化成長，到她能站直自己的身子，那真是無窮無盡樂趣的泉源。

等一等。

衛斯理和白素的女兒？

怎麼從來也沒有聽說過？太過分了吧，忽然無中生有地提起女兒來了，那算是什麼道理？

不是「無中生有」，也不是「從來沒有提過」。

提過的，只不過後來發生了變故，變成了想也不願想的無比痛苦，所以才不提了——既然連想都不想去想，如何還會提呢？

可是在變故未曾發生之前，確然是提過的。

還記得有一位裴達教授，把一副猩猩的腦子，移殖到了一個叫亞昆的白癡頭部的那個故事嗎？那個故事叫《合成》。裴達教授的行為，使得那個白癡成為一個狂暴可怕的破壞者，整件事是一個悲劇，裴達教授自己也賠上了性命。

當時，我幫助警方，圍捕這個不幸的白癡，曾指出他危險之極，所以我要徵求志願人員，要沒有家室的，免得出了意外之後，連累家室。

當時，就有幾個警官不服。我後來記述這件事的時候，有如下的對白：

「喂，衛斯理，你不是也有妻子的麼？」

「是的，不但有妻子，還有一個十分可愛的女兒。」

這是唯一的一次，在我的記述之中提到女兒，接下來，變故發生，慘痛無比，就再也沒有提過了。

細心的朋友，曾寫信來問：「衛斯理的女兒怎麼樣了？早該長大了吧。」都沒有回答，後來，當記憶被深深埋藏起來之後，甚至會感到一陣迷惘：女兒？什麼女兒？

以為這一輩子，已經把一件最難處理的、令人如此痛心的事處理得最好了，再也不會想起，再也不會影響自己的生活了。

可是，突然之間，白素又有了第二次緊擁我和身子劇顫的行動，使被長久塵封的慘痛記憶，如妖物復甦一樣，重又鋪天蓋地而來，這才知道，往事非但沒有忘記，一旦復甦，歷歷在目。

當時，白素叫出「女兒，女兒」的聲音，可怕之極，我立時遍體生寒，陡然叫了起來：「老蔡。」

白素當時那樣的情形，我自然立刻可以知道，是女兒出了事，所以我的第一個反應，就是叫「老蔡」。

那時，老蔡還不是很老，而且他孑然一身，也就特別喜歡小孩子，屋子裏自從有了小生命，他的高興，不在我們作父母之下，等到小孩子漸漸長大，會爬會走路會牙牙學語，老蔡對小女孩的照顧，只怕還在我們之上，他甚至為了可以更好照顧小女孩，而連進了兩次「育嬰訓練班」。

每逢我和白素有事外出，總把女兒託給老蔡照顧，老蔡也總是拍胸口，樂於接受這個任務。所以，這時一想到是女兒出了問題，我自然首先要叫「老蔡」。

我一叫，白素也像是陡然想了起來，也失聲叫了一聲：「老蔡。」

她一叫，立時轉身，又向樓梯之上，飛掠了上去。

她剛才從樓梯上撲下來的時候，顯然是慌亂到了極點，這時，再飛掠上去，多少已恢復了一些鎮定。我由於不知道究竟發生了什麼事，一顆心像是要從口中蹦出來，緊跟在她的身後，也竄上了樓梯。

女兒房間的房門開着，白素和我幾乎同時掠進了房間，立即看到了老蔡。老蔡背向上，仆跌在地上，一動也不動，看來像是昏了過去。

小牀上沒有了小人兒，有一扇臨街的窗子打開着，其時，正是深秋時分，秋風甚涼，當然不會在小孩睡着的時候開窗，所以我的第一個動作，就是直撲窗前，心急得不及拉開在微微飄蕩的窗簾，而是一伸手就把它扯了下來，立時探首去看窗外。

等到我把頭探出窗外之時，我才怔了一怔——女兒已會走路，頑皮得很，所以在窗子上，都裝上了窗花，免得她在亂爬亂攀的時候出意外。而這時，我一探首，頭就可以伸出去，自然是窗花已遭到了破壞。

當時由於心亂之極，什麼樣可怕的想法，都一起湧了上來，我先向外看去，看不出什麼異樣，街上十分冷清，路上也未見有什麼跌傷了的小人兒。

我縮回頭來，喉頭發乾，啞着聲音叫：「先在屋子中找找。」

我說着，也來不及轉身，就躬着身子，一下子又倒掠出了房間。

當我滿屋子亂竄，處於錯亂到了半瘋狂的狀態之際，白素反倒比我鎮定得多。在我雙手緊握着拳，整個人由於恐懼、憤怒和焦慮在體內膨脹，快要爆炸的時候，聽得白素在樓上叫：「老蔡醒來了。」

我又發狂一樣跳上樓，衝進房間，看到老蔡正在地上掙扎着起身，我一伸手，抓住了他的肩頭，把他直提了起來，只見他臉如土色，失魂落魄之極，張大了口，口唇發抖，卻只喉際有一點古怪的聲音發出來。

我又急又怒，用力搖他的身子，啞着聲喝：「孩子呢？孩子呢？」

老蔡被我搖得身子亂晃，更說不出話來，白素雙手齊出，抓住了我的手腕，老蔡才得以勉強站直身子。

白素的聲音也變了，可是比我要好得多，她道：「老蔡，慢慢說。」

我想叫老蔡快點說，可是老蔡還是發了一會抖，才牙齒打震，道出了一句話來：「一個人……飛進來……把小人兒抱走了。」

白素疾聲問：「什麼樣的人？」

我自然也想問同樣的問題，但白素在這樣的非常變故之中，比我鎮定，所以她能比我先問出口，我連呼吸都無法暢順，如何能在剎那間就出聲？

我也只是在喉間發出了一陣古怪的聲響，那是一種令我自己聽了也覺得恐怖的聲音。

老蔡面肉抽搐，由於驚恐太甚，他的敘述，也是斷斷續續的：「我……沒有看到……那是什麼樣的人。」

我仍然未能順利地說出話來，可是心中焦急無比，已經罵了起來。

這像話嗎？有人進來，把小孩抱走了，老蔡是負責看顧小孩子的，居然沒有看清楚什麼樣的人，那真是不像話之極。

老蔡喘了一陣氣，白素伸手在他背部拍着，那時，我的樣子可怕，老蔡向我望來，才看了一眼，神情便如見鬼怪。

白素雖然比我鎮定，但是也好不了多少，我就從來也未曾見過她的臉色煞白到了這種程度。

老蔡抖了一會，才又道：「我們當時正在『騎牛牛』，窗子一聲響，我轉頭看去，窗簾揚了起來，我只看到人影一閃，一個人撲進來，我待起身，那人的動作快絕……我後腦上立即捱了重重一擊，倒地之前，只來得及看到，那人……把小人兒……抱走了。」

老蔡十分喜歡女兒，一直稱她為「小人兒」，這時也仍是沿用了這個愛稱，可是聽了卻更加刺心刺肺。

我直到這時，才叫出了一句話來：「還是從窗子走的？」

老蔡點着頭，表示那人抱了孩子之後，還是從窗子離開的。

我和白素，自然而然，一起向窗子望去，窗簾已被我扯了下來，窗子的情形，可以看得十分清楚。

窗子被大大打開着，窗花是白素特別設計的，中國傳統的吉祥圖案，是鋁質的。

鋁質的窗花，當然不是十分結實，但當時我們裝設窗花的目的，只是為了避免小女孩爬出窗子去，誰會想到會有人破窗而入？

這時，窗花被破壞，出現了一個洞，那洞的直徑，也不過四、五十公分，我剛才一伸頭，頭就可以探出去，如果叫我的身子從那個洞中穿出去，自然也可以做得到，但多少得花一些工夫。如果抱着一個兩歲半的小孩子，當然更要困難得多。

白素的細心在這時候表露無遺，她道：「不對吧，老蔡，窗簾是才扯下來的，人隔着窗簾，怎麼能從這個洞中躍出去？」

老蔡的語聲如哭：「那人……撲進來的時候，帶起一股勁風，窗簾揚了起來……他在窗簾……還沒有落下來的時候，就已經撲出去了……來去如同鬼魅……快得……像是眼花，可是小人兒卻不見了——才在我背上，用拳頭打我，催我爬快點的小人兒……不見了。」

老蔡掙扎着說到這裏，終於再也忍受不住，徹底崩潰，放聲大哭起來。

我雖然知道事件不能責怪老蔡，可是老蔡的哭聲，還是令我更加煩躁，難以忍受，我尖喝一聲：「哭什麼哭……」

老蔡陡然震動了一下，雙手一起掩住了自己的口，他的哭聲，又變成了一陣嗚咽聲。我焦躁起來，想順手拿起枕頭來，壓向他的臉上，令他不要再發出任何的聲音——人在這樣非常的變故之中，行為會變得十分反常。

白素在這時候用力拉了我一下，把我拉近窗口，指着被破壞了的窗花，說了一個字：「看。」

我要用力搖了搖頭，才能使自己的視線集中，看出去的景象，不至於模糊不清。我看到了白素要我看的，是被破壞了的鋁條，形成一個洞的鋁條，全都一律彎向裏面，沒有一根是彎向外面的。這種情形，就像是有一根巨大的木樁（古代人用來撞擊城門的那種），一下子撞開來的一樣。

當時，我和白素都不知道如何會有這種現象，後來，白老大來看過，他一下子就指出：「這人是一個武功絕頂的高手，那是他一下了撞開來的。」

人的身體一撞，居然可以把鋁質窗花撞成一個洞，穿身而入，當然十分難以想像。當時我略有疑惑之色，白老大悶哼一聲，身子一躬，如箭離弦，向另一扇窗子撞去，「嘩啦」一聲響，不但撞碎了玻璃，也把鋁質的窗花，撞出了一個洞，他身子已從那破洞之中，穿了出去，被他撞出來的那個洞，被破壞了的鋁條，全是彎向外的。

這一下行動，證明白老大的話是對的，抱走了女兒的是一個武功絕頂的高手。白老大來到的時候，已經是變故發生之後的第三天了。

在這三天之中，我、白素和老蔡，不但沒有睡過覺，而且也未曾進食過，白素是喝水，我則水和酒交替地喝。

當然，在這三天之中，我們連一分鐘都沒有浪費，盡我們的全力，去追查女兒的下落。

衛斯理的女兒不見了，那簡直是令人難以相信的事，可是居然發生了。

白老大得了信息趕來，面色鐵青，大口喝酒，頓着腳：「連我白老大的外孫女兒都敢動，不論是什麼人，追到天涯海角，也要把他追回來。」

當時，我和白素，不但已經運用了一切我們可以運用的關係去追查，而且也作了種種猜測——在冒險生活之中，我們經歷過許多離奇曲折的事，都是憑我們的推理能力，抽絲剝繭，把難題解開來的。如今事情輪到了自己的頭上，自然更加殫精竭力。

我們首先分析，可能是「綁票」，可是三日來，絕沒有人來向我們勒索。其次，我們又想到，可能是仇人，奈何不了我們，就對付小孩子，令我們感到痛苦——會做出這種事的人，自然是黑道下三濫，所以我們已集中力量，在這方面追查。

等到白老大參與追查之後，更發動了他的力量，向江湖上發出信息，聲言此事不水落石出，決定鬧個翻江倒海，大家沒有好日子過。

在接下來的日子中，確然風波迭生，直到黑道上的十幾個大頭子，和白老大約了見面，聲言他們也必定傾全力去找人，並且當場歃血為誓，事情才算告一段落，但為了衛斯理的小女兒被人抱走，江湖上那一陣子的腥風血淚，也可以說是慘不忍睹了。

不管外面怎麼風大浪大，天翻地覆，變故的直接受害人、最傷心悲痛的，自然是我和白素了。我們都知道，這一類事件，愈是拖得久，能夠圓滿解決的可能性就愈是小，所以一上來我們那種全力以赴的情形，真是令人吃驚，所接觸面之廣，到了連愛斯基摩人的村落都不放過的地步。

可是日子一天一天地過去，女兒和那個把女兒抱走了的人，就像是在空氣之中消失了——有時午夜夢迴，甚至會感到根本沒有這個人，根本沒有發生過這種事。

那對我和白素形成的壓力之巨大，也已經到了人可以忍受的極限。我和白素甚至研究過：我們的女兒，是不是被外星人帶走了？

但在經過了分析之後，又否定了這個假設。因為到那時為止，我和外星人打交道的過程之中，來自不同星體的高級生物和我之間，並不存在這樣的深仇大恨。而如果外星人是善意的帶我們的女兒去漫遊太空，那至少要留下一些信息給我們，免得我們痛苦擔心。

可是在整個失蹤事件之中，連半絲線索也沒有留下，完全無法追查。一直到一年之後，又到了那個可怕的日子，女兒失蹤的一周年，我終於忍受不住了，我的精神狀態陷入了瘋狂，我不願再承受那種悲痛，我把自己拋進了一種幻覺之中，再也不理會現實。

我的這種情緒上的瘋狂，化為行動，我把所有的和女兒有關的一切，全都徹底銷毀。「一切」和「徹底」，就是一切和徹底，一點不留，完全銷毀。

當我這種行動開始的時候，白素像是想反對，可是她沒有行動，只是默默地看着我把有關女兒的一切銷毀，她自然也知道，我的最終目的，是要把有關女兒的一切，從記憶之中消除，她也盡量配合着我的行動。

我的行動，在表面上十分成功。而且，由於過去一年來我們的巨大哀痛，在我們周圍的人都感受極深。所以，當所有人發現我們已經忘記這宗變故之後，也就自然而然，絕口不提。

所以，我們的一些新朋友，像原振俠醫生、年輕人和公主、胡說和溫寶裕，甚至於「上山學道」的陳長青等等，除非是極細心的，否則，根本不覺得我和白素，曾經有過一個女兒。

這種情形，自然古怪之極，也分明是自欺欺人。可是在心理學上來說，謊言說上一千遍，就會變事實，自己對自己撒謊，重複一千遍，也會把自己騙信了的。

白素的情形如何我不清楚，也無法探究，可是我自己真的可以做到連想也不想的地步，許多年來，都已經習以為常了。

可是，忽然之間，白素又擁着我劇烈地發起抖來，把久已忘了的記憶，又引爆了出來。

（各位一定可以注意到，女兒被人抱走這樣的大事，我叙述得十分簡單。是的，那是由於雖然記憶的惡魔破土而出，但是我還是不願去多想它的緣故。）

白素在這樣的情形下緊擁着我發抖，起先我不知道是為什麼，但是，我立即就明白了，所以我也劇烈地發起抖來。

太可怕了，白素的一切行為，都只說明了一件事：她認為那個女野人紅綾，就是我們失蹤多年的女兒。

第十部

宇宙飛船

我在「白素把女野人紅綾當作是我們的女兒」這一句句子之上，冠以「太可怕了」的形容詞，是我的第一反應。因為我想到，白素在經過許多年的壓抑之後，憶女成狂，神經錯亂了。

不然，她怎麼會把一個在苗疆發現的全身長滿了毛的女野人，當作是自己的女兒。

接着，自從發現了女野人之後的種種情景，都一下子自我記憶中湧出——那更令我吃驚，因為我發現白素自第一眼見到女野人開始，就對她有特殊的好感，當然是在一開始的時候，她就把女野人當是女兒了。

把這樣的一個女野人當女兒，倒也並無不可，但是把她當作是當年我們失了蹤的女兒，那卻是截然不同的兩回事。其間的分別太大了。

我陡然大聲叫：「不。」

白素抿着嘴，凝視着我，她雖然沒有出聲，可是等於是在說：「是。」

我勉力定了定神，先把她拉近身來，然後，才以十分乾澀的聲音道：「唉，多少年來埋藏起來不想再觸及的事，像是妖物復活，又蠢蠢欲動了，請不要助長它的威勢，好不好？」

白素自然會明白我這樣說的意思，而且我在這樣說的時候，神情、語聲都表示了我的悲痛，和我再也不願意回想往日慘痛的決心，我以為白素一定會遵從我的意願，那麼，我就可以像受了傷的野獸，找一個隱蔽的角落躲起來，慢慢舔傷口，讓時間當良藥，再使得創口漸漸癒合。

可是白素的反應，卻和我所想的不一樣，她先是說了一個字，就已經令得我感到了一陣如同利刃穿心一樣的劇烈痛楚。

她說的那個字是：「不。」

我和白素之間就算偶有意見不同，有了爭執，也是極度理性的，可是這時，我卻感到我們雙方都難以控制自己的感情，我心頭感到的疼痛，是一種十分實在的感覺，我甚至大大地吸了一口氣，以求減輕痛楚，而且我立即叫了起來，聲音十分難聽：「不？那你的意思是，非把往日的創傷挖大不可？看着血淋淋的創口，是不是可以令人快樂些？」

白素沉聲道：「傷口一直在，一直在流血，從來也沒有停止過，只不過你一直在掩飾它。」

我挺了挺胸，面上的肌肉在那時候有一陣難以自制的抽搐，我盡量裝成輕鬆：「我喜歡掩飾，我也掩飾得十分好，我很滿意。」

白素的話愈來愈是尖銳，不但如同利刃穿心，簡直有如千刀萬剮，使我全身發抖，她竟然冷冷地道：「你這是在自欺欺人。」

我整個人彈了起來，把她推得退開了兩步，我扯着喉嚨叫了起來：「是，我是在自欺欺人，你難道不是？你更在自欺欺人！」

看得出白素是在盡力克制着自己，可是她的語音，仍是冰冷的。她故作幽默：「乞道其詳。」

我急促地喘着氣，這時候，我腦際「嗡嗡」作響，已經在情緒上趨向一種紊亂的情形，同時，我也感到這件事——我和白素之間現在所發生的這場爭論，如果不是把一切都攤開來說，再要有什麼顧忌的話，那絕不能解決問題，只有愈來愈糟。

所以，我叫出了我最最不願意說的一句話，聲音如受重傷的老狼的嗥叫：

「我們失去了女兒——」

我本來是想一口氣把我要說的話說出來的——那句子也不太長。可是我才叫了「我們失去了女兒」，胸口一陣劇痛，不但眼前發黑，連呼吸也為之停止，下面的話，自然也叫不出來了。

這時，我的神情一定駭人之極，因為正在和我爭論的白素，望向我，現出十分驚駭的神情。

我討厭自己有這種話說到一半就說不下去的情形，反手就是一拳，重重地搥打在自己的胸口。那一拳打得極重，使我被窒滯了的呼吸變得暢順，所以我才能把那句話的下一半叫了出來：「——但也不能把一個滿山亂跳的野人當作是自己的女兒。」

叫出了這下半句，心口又是一陣劇痛和悶塞，使我要張大了口喘氣，這才發現，剛才那一拳，打得太重了一些，口中一陣鹹苦，竟然含了半口血。

我犯了性子，一仰脖子，把這口血又硬生生地吞了下去，而昂起的頭，好一會不低下來。

我感到白素在靠近我，我急促喘着氣，她來到了我的身前，用十分低沉的聲音說話，每當她用這種聲調說話的時候，特別溫柔動人。同時，她伸手在我胸口搓揉着，她說的是：「我沒有自欺欺人，我可以十分肯定，那滿山亂跳的女野人，確是我們的女兒。」

白素也把事情完全挑明了來説，那反倒令得我紊亂的思緒變得有條理，我盯着她：「首先，你要知道，一切有關血緣的科學鑒證，都不是絕對可靠的；人類至今無法用鑒證方法，百分之一百證明甲是乙的後代。」

白素道：「當然我知道。」

我一字一頓：「那麼，你的確信，有什麼證據？」

白素的回答令我為之氣結，她竟然道：「我作為母親的直覺。」

我好一會説不出話，白素還在補充：「從我第一次握住她手的時候，我就知道，我和這個全身長毛的女野人，有着血連血肉連肉的關係，她是自我的身體分出來的一部分，我們之間的那種聯繫是無形的，看不見摸不着，可是又確實存在，不但我有這種感覺，她也有，你想想當時的情形。」

我閉上了眼睛一會，白素和紅綾之間異常親熱的情景，確是十分異特。我睜開眼來，剎那之間，覺得疲倦無比，我先斟了一大杯酒，一口喝下，然後道：「如果是我們的女兒，我是父親，為什麼一點感覺也沒有？」

白素委婉地道：「當然，你的感覺會比較微弱，而且，你根本不願意有這樣的感覺。」

我應聲道：「因為我感到沒有這個可能。我們的女兒被人抱走，音信全無，怎麼會在苗疆變了女野人？」

白素的回答是：「因為她一被人抱走，就被抱走她的那個人帶到了苗疆。」

我用力一揮手：「你怎麼知道？」

白素低下了頭，好一會不說話，我連連作深呼吸，令自己鎮定，然後，盡量使自己的聲音聽來心平氣和：「你……我們都懷念失去的女兒……女野人紅綾樣子可愛，身手驚人，而且，絕對有過人的智力，你如果要將她當作女兒，也無不可。不過，她不是我們的『小人兒』，不是我們的女兒。」

我在說到最後兩句話的時候，心中又是一陣刺痛，閉上了眼睛，只覺得鼻子中不斷在發酸，難受之極。頸子上有點發癢，就像是女兒小時候用她胖胖的小手，在我頸際亂抓亂撓一樣。

所以，說到後來我的聲音近乎哽咽——衛斯理說話而會語帶哭音，雖然窩囊，但也無可奈何。

白素長嘆了一聲：「我並不是憶女成狂，我堅信，紅綾真是我們的女兒。」

我也長嘆了一聲，攤了攤手，表示她的態度既然是這樣，那就沒有什麼可說的了，我只是大口喝着酒，心中愈來愈是鬱悶。

過了好一會，白素在只是默默地望着我之後，才道：「有一些事，我沒有告訴過你——」

我這時冷笑：「真好，多年夫妻，原來你還有事隱瞞着我。」

白素神情苦澀：「當時我不明白那些事有什麼重要，可是現在，和其他的事湊在一起看，卻又重要無比。」

我心思紊亂，可是也想聽聽什麼是「重要無比」的事，所以做了一個手勢，請她繼續說。

白素又側着頭，想了一會——她在這樣做的時候，十分動人，我不禁後悔剛才的暴躁，心想，如果她認定紅綾是我們的女兒，就讓她當作是真的好了，何必同她爭？爭明白了，又怎麼樣？

人的情緒很奇怪，剛才還在堅持己見，可是一念之間想通了，就覺得心平氣和，顯得剛才激烈的爭執一點意義也沒有。

白素想了一會，撩了撩亂髮，向我看了一眼，多半是覺察到我神情和剛才大不相同，所以她有訝異之色，她道：「你不記得，當你和小寶在降頭之國看降頭師大鬥法的時候，我曾和鼎鼎大名的女俠木蘭花見過面？」

我呆了一呆，苦笑：「我當然記得，你和木蘭花的談話內容，我一直不知道——我不相信會和我們的女兒有什麼關聯。」

「我們的女兒」這麼普通的一句話，在我和白素之間，已經許多年沒有出過口了。而在陡然又說出口的時候，每說一次，心頭總是一陣劇痛，直到說了好多次之後，情形仍然沒有什麼改變。

白素又想了一想：「沒有直接的關係，可是……可以有聯想，木蘭花是來告訴我，聽說我曾向人打聽過，若干年前，在苗疆的一次飛機失事的情形。」

我不禁「啊」地一聲，是的，那次飛機失事，是白老大口中說出來的，當時，白素還沒有出世，在娘胎之中，我們曾推測過這次失事，對白老大在苗疆的生活變化，一定有過重大的影響，可是隨便我們怎麼打聽，都沒有任何結果。白素又猶豫了一下，才向我望來：「據那個團長的敘述，爹說到的那次『摔飛機』，好像有生還者？」

我「嗯」了一聲：「應該有，木蘭花來告訴你的是什麼資料？」

白素的神情有些古怪——我猜想木蘭花對她說的話，一定有十分出人意表之處，這自然也是白素一再想了又想的原因。

可是，儘管我事先已想到了這一點，白素的答案一來，我還是出乎意料之外。

白素的回答是：「木蘭花說，那在苗疆失事的，不是什麼小型飛機，而是一艘宇宙飛船，來自外星的宇宙飛船，若是飛船上有生還者，那麼，生還者也是異星人。」

我呆了半晌，望着白素，白素的古怪神情，仍然持續着，沒有改變。

白素和傳奇人物木蘭花的見面，自然在事先是經過一番安排的——經過情形如何，不必詳述，總之在見了面之後，一見如故，木蘭花一開口，就提及了那宗「摔飛機」事件，當時，白素的神情也就是那樣的古怪。

白素想的是：外星人？宇宙飛船？是不是熟悉了衛斯理故事，故意調侃我來了？

於是，白素就微笑着道：「真可惜，衛斯理不在，不然，他可以有一個故事，把苗疆和外星人結合起來，倒也有趣。」白素其實並不是表示心中的不快——她和木蘭花還是初次見面，自然也不會那樣沒有禮貌。可是木蘭花為人何等精細，她思想縝密，知識廣博，推理能力極強，號稱東半球女性第一，她立時就從白素的神態和言語之中，知道了白素的心意，所以她笑了一下：「這個人——告訴我那是一艘宇宙飛船的人——是哥老會的成員，在四川、雲南、貴州一帶的哥老會，地位相當高。但是這種江湖人物，不大兼有科學知識，只有令尊是例外，他說的話，不一定值得相信，事實上，他也根本不知道什麼是宇宙飛船，他懂得這個名詞，還是令尊告訴他的。」

木蘭花娓娓道來，說到最後一句，白素才被嚇了一大跳，一時之間，張大了口，說不出話來。

這個在哥老會中地位高的人，說那失事飛機是宇宙飛船，原來竟然是白老大告訴他的。可是白素就從來未曾聽白老大說起過，他曾在苗疆見過宇宙飛船和外星人。

白素立刻就知道了白老大絕口不提宇宙飛船的事，必然是由於事情和那宗大隱秘有關。

一想到這一點，白素心跳加劇，因為她也可以料到，那宇宙飛船，一定和白老大的隱秘有關，而木蘭花將會提供進一步的資料，對揭開隱秘，一定大有幫助。當白素向我叙述她和木蘭花見面的經過，説到這裏時，我也不禁「啊」地一聲：「事情愈來愈複雜了，可是請你記得，你要向我解釋，何以紅綾會是我們的女兒。」

白素瞪了我一眼，並沒有理會我的打岔，繼續説下去。

當時白素現出了十分殷切想得到進一步資料的神情，她説了一句：「那袍哥大爺見過我爹爹？在苗疆？」

木蘭花笑道：「當然是，不然，令尊何以會告訴他那『飛機』是宇宙飛船？那位袍哥大爺的名字是大滿，其實那不是他的名字——」

白素接了上去：「那是他在堂口中的名位，他在總堂口排名第九。」

木蘭花點頭：「正是——」

白素剛才在説的時候，已經想起大麻子所説的那件事來：大滿老九想輕薄鐵頭娘子，可是結果，被鐵頭娘子的柳葉刀砍了一隻右手下來。所以，她又揚起手來，用左手指着自己的右腕。

這一下，連木蘭花也不禁現出極訝異的神情，問：「你認識這個人？那他一定告訴過你遇見過令尊的事了？」

木蘭花在這樣說的時候，略蹙着眉，有一些不滿，因為白素如果認識大滿，剛才不該裝着什麼也不知道。

白素知道對方誤會了，所以她連忙解釋：「不，我不認識這個人，只是聽另一位袍哥大爺說起過他斷手的經過情形。」

木蘭花揚了揚眉，表示了她想知道大滿斷手的經過，白素立即用最簡單的方法告訴了木蘭花，也聽得木蘭花驚詫不已，吁了一口氣：「我明白了。大滿雖然斷了手，可是對鐵頭娘子的戀慕之情不減，他到苗疆去，是去找鐵頭娘子的。」白素也不禁「啊」地一聲，她也明白了：鐵頭娘子單戀白老大，所以跟着白老大進了苗疆，而大滿則單戀鐵頭娘子，所以也到了苗疆。

這些江湖人物行為有異常人，連他們的戀情，也比常人熾熱，為了自己所愛，可以捨棄一切原來的生活，這一點，普通人就做不到，普通人對自己原來的生活，都十分依賴，很難說改變就來一個徹底的改變。

木蘭花續道：「你既然熟悉那些人物，我說起來也方便多了，大滿在苗疆遊蕩，約莫兩年之後，才首先聽到了有關令尊的傳說。」

白素點頭：「是，家父在苗疆，變成了苗人尊重的陽光土司。」

她在這樣說了之後，又把白老大對那一段生活絕口不提，以致自己連生身之母是什麼人，也未能確定，種種情由，向木蘭花說了。

作為一個初次見面的朋友，白素這樣做，很推心置腹，所以她和木蘭花之間的距離，也自然而然，因此拉近了很多。

木蘭花又吁了一口氣：「原來如此，我也直在奇怪，有關那宇宙飛船的事，令尊應該和你們說起過，如何你們還會不知道，要到處去打聽資料？」

木蘭花說了之後，又道：「這樣看來，那飛船必然和令尊的隱秘，有很大的關係。」

白素剛才也想到了這一點，自然同意木蘭花的見解。

大滿老九知道鐵頭娘子是為了白老大才進入苗疆的，而他在第一次聽人說起陽光土司的事迹，和形容陽光土司的模樣之後，就知道所謂陽光土司，必然就是白老大。

他也想到，自己進入苗疆不久，就聽到了有關陽光土司的事，鐵頭娘子也一樣會聽到，她也可以知道那必然是心上人白老大，也會去找他。

大滿並不知道白老大那時住在何處，他對於倮倮人的烈火女，也一無所知，但只要有心打聽「陽光土司」經常出現之所，還是可以從人們的口中知道。

所以他就滿懷信心，選定了幾個目的地，向目標進發，希望可以在那裏遇上鐵頭娘子。

當日，白老大大鬧總壇的時候，大滿老九並不在場，他斷手之後，不等傷口痊癒，就遠走他方，去尋覓巧手鑄金匠人，他有的是家財，錢花出去，有一大半是冤枉錢，但也有花在刀口上的時候。

在漢口，有人告訴他，世上巧匠，全在西洋，而西洋巧匠之中，尤以俄羅斯的巧匠為最，專為俄國沙皇御用，沙皇被推翻之後，大批俄羅斯人流入中國，其中也有宮廷巧匠在，不妨到處去找找。

那人還說了一個有關西洋巧匠鬥本領的故事：

法國國王，找巧匠做了一隻金跳蚤，和真的跳蚤一般大小，可是在那麼小的身體之內，卻居然裝上了機械，使跳蚤可以跳動。法國國王龍心大悅，把玩之後，有心炫耀，就派專使送去給俄國沙皇把玩。

俄國沙皇一收到這樣的玩意，自然知道那是法國國王有心向自己炫耀，於是召集宮中巧匠，商議對付之策。結果，一個月之後，沙皇也派專使，把金跳蚤送回法國，法國國王取出來，金跳蚤卻不再跳，法國國王還以為給沙皇弄壞了，正想嘲笑幾句，專使卻道：「請陛下仔細看跳蚤的腳，便知端詳。」

法國國王細細看去，動用了放大鏡，這下發現，原來跳蚤的每一隻腳上，都上了一副黃金鑄成的鐐銬，在那麼小巧的鐐銬上，還鑲着各色的寶石。

於是，一致公認，俄羅斯巧匠的本領舉世無雙。

大滿老九聽了這樣神乎其技的說話，便去各大都市白俄聚居之所打聽。皇天不負苦心人，叫他在極北的城市齊齊哈爾，找到了一位俄國巧匠，已近古稀之年，可是手藝精巧，仍是一絕。

大滿和這位老巧匠細細商議，採用了五成金，五成精鋼混合，替他鑄造一隻假手，那假手內置各種機栝，手指的靈活程度，和真手無異，靠手腕揮動之力，就能有各種動作——而且功效比真手更多，他在每隻手指之中，都藏了厲害的暗器。

鑄造這樣的一隻假手，老巧匠用足了心機，也花了將近一年的時間，等大滿心滿意足，套着金光燦然的假手回到四川，一下子就轟動了整個江湖，人人稱他為「金手九郎」，可是大滿卻不開心，因為他並沒有見到鐵頭娘子，只是在大麻子處，知道了鐵頭娘子的種種，他恨恨地道：「姓白的是什麼東西，連鐵妹子都看不上，那他想要什麼樣的女人？」

大麻子當時告訴他：「你沒見過陳大小姐，見了，你才知道，鐵妹子連做大小姐的丫頭都不配。」

大滿如何聽得這種話，若不是有人在一旁相勸，當場就會翻臉。

大滿知道鐵頭娘子在苗疆，也就跟了來，這時鐵頭娘子早已進了苗疆，大滿心中想好了，見了她，就對她說：「別再戀着姓白的下江漢子了，你看，你叫『鐵頭娘子』，我叫『金手九郎』，連名字都是現成的一對，還東挑西揀作啥子？況且，我這個外號，還是拜你所賜的。」

大滿心想，鐵頭娘子在傷心失意之餘，聽了自己這一番話，一定會感動的。

大滿的打算並沒有錯，如果他能在適當的時機見到鐵頭娘子的話，他萬里迢迢，千山萬水趕來示愛，說不定可以成功，可是當他終於能見到鐵頭娘子之際，卻完全不是恰當的時候。

當時，大滿只當那是造化弄人，直到後來，他才知道自己的壞運氣，和那隻「宇宙飛船」有關。

當日白素聽木蘭花這樣說，和我聽白素轉述到這裏時，都曾十分奇怪，事情怎麼會和宇宙飛船有關係，似乎是全然不相干的。

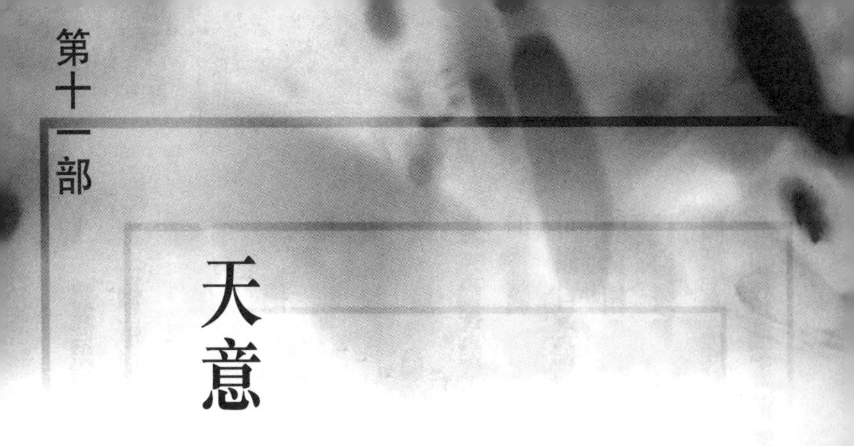

第十一部

天意

似乎完全不相干。

可是還真是大有關係。

原來這些日子來，鐵頭娘子也照大滿的辦法在找尋白老大，可是陽光土司神出鬼沒，根本找不到他固定的住所，鐵頭娘子在萬山千壑之間亂轉，時間雖然過去了兩年，並沒有見着白老大。

若是換了別的女子，早就放棄了，可是鐵頭娘子卻是鐵了心，非要找到白老大不可，所以仍然在苗疆。

她每天餐風飲露，長嗟短嘆，淒淒涼涼如孤魂野鬼，渾渾噩噩如行屍走肉，連她自己也不知道日子是怎麼過的，可是她的一顆心，卻仍然繫在白老大的身上。

在這樣的時候，若是大滿老九能和她相會，那麼她在失意之餘，或許會投入大滿的懷抱。可是她找不到白老大，大滿老九也沒有找到她，等到各自找到了對方要找的人時，情形卻又不同，因為是鐵頭娘子先找到了白老大。

鐵頭娘子終於找到了白老大。

而且，鐵頭娘子認為她終於能找到白老大，完全是由於天意。

究竟是不是「天意」，誰也不能肯定。人們習慣於把冥冥中對生命、命運的主宰力量稱為「天意」——不論稱為什麼，都沒有分別，重要的是確然有這樣的一股力量在。而鐵頭娘子終於能見到白老大，確然和天空有關。

那一天傍晚時分，鐵頭娘子獨自坐在一道山澗之旁，望着潺潺流水發怔，澗水中有一種鱗光閃耀的小魚，在逆流而上，不時躍出水面，替周圍的寂靜添上一下又一下清脆的水聲。

她的手中揑着一根樹枝，澗水在她坐的所在繞了一個彎子，形成了一個水平如鏡的水潭，可以把她的身影清清楚楚地倒映在水面上。可是鐵頭娘子卻不願意看到自己憔悴失意的臉，一當水面上映出她來時，她就用樹枝去敲水，把水面敲亂，使在水中的影像，也碎不成形。

就在鐵頭娘子看到自己的臉，又漸漸在水面出現，她又得去擊打水面時，她陡然看到水面反映的天空上，出現了一道紅色的弧線——水面不但反映她的身形，也反映天上的藍天白雲和四周的山色，那時，正是傍晚時分，殘陽如火，漫天紅霞，忽然出現了一道紅色的弧線，若不是鐵頭娘子如此專注地望着水面，她也不會看得到。

那道深紅色的弧線，自天際的晚霞層中，直透出來，依然似乎還帶着很尖銳，但是又十分快速的一下聲響，急促地投進了對面的一個山頭之中，速度極快，在紅光之中，似乎有一點黑影，但是由於移動得太快，一閃就過，所以看不清楚。

鐵頭娘子先是在水面的反映上看到，她立刻抬起頭來，紅光已落向山頭了。她站了起來，先是發了一會怔，不知道自己看到的是什麼現象，接着，她首先想到的是：神仙。神仙下凡了。

鐵頭娘子在川西長大，四川多山，青城峨眉，全是傳說中神仙劍俠出沒的所在，她自小聽這種故事聽得太多了，印象深刻，而且剛才她看到的情形，也真的像是有神通廣大的劍俠，駕起遁光，或御劍飛行，或利用什麼法寶在空中行進。

再加上有關神仙劍俠的傳說之中，總有走投無路的好人，被打救的情節，那又和她此時淒苦的心情相吻合，所以她一想到了這一點，就立時深信不疑，何況紅光着地的那個山頭就在眼前，所以她連一秒鐘也沒有耽擱，就立刻向那個山頭趕去。

在鐵頭娘子看到漫天紅霞之中，忽然冒出一股紅光來的同時，也看到了這個現象的，自然不止她一個人，有許多人，恰好機緣湊巧而看到的——確然得機緣湊巧才行，因為紅光呈弧形，在天際一劃而過，在那時候，人如果在屋子中，就看不到了，不是正好抬頭向天，也看不到了。有太多看不到的因素，而且，看到的如果是苗人倮倮人，心中奇上一陣子，跪下來向天拜上幾拜，也就沒有事了，不會有人去深究。

可是偏偏白老大看到了，大滿老九也看到了。

白老大在那時正在離那紅光落地的山頭十分近的所在，事實上，他和鐵頭娘子也相隔得極近，可是咫尺天涯，若不是有那道紅光，引他們一起到那座山頭去的話，他們還是無法相會的——所以鐵頭娘子堅持那是天意，也有她的道理。

她曾極其認真地問白老大：「你說，如果不是天意，那是什麼？」

白老大也答不上來。

發生在苗疆的這段往事，是大滿老九在若干時日之後，遇到了木蘭花，對木蘭花說的。而木蘭花對白素說，白素又對我說。雖然其間經過了幾重轉述，但是由於轉述者都是十分有資格的人，所以我相信非但生動依舊，而且絕無被歪曲誇張之處。

我聽到白素轉述到鐵頭娘子責問白老大時，就有如聞其聲，如見其人的感覺——鐵頭娘子這樣問，自然愚昧之至，可是一個愚昧之至的問題，有時也會令一個智者如白老大無法回答。

後來，等到弄清楚了一切之後，白素拿同樣的問題一字不易地問我，我也無法回答，只好在心中說：那真是天意，沒有別的解釋，天意就是天意。

卻說當時，白老大在那山頭不遠處，正在觀看落霞由亮紅色轉為暗紅，欣賞自然的奇景，忽然就看到了那股紅光，呈弧形墮地。

白老大是有知識的現代人，他首先想到的是：有飛機失事了。

不能怪他沒有在第一時間想到「不明飛行物體」，因為那時，這種想法甚至還未曾在人類的思想之中形成。

他離那個山頭近，所以立即急速地向前進發。

大滿老九也看到了那道發自天上、迅速落地的紅光。那時，他在幹什麼呢？他正在對着落日，欣賞自己的那一隻金手。

自從手腕之上，裝上了那隻金手之後，他十分欣賞，並不感到斷手之悲。

當他凝視着這隻金手的時候，他總不免有些想入非非，想到用這金手去撫摸鐵頭娘子的嬌軀時，也可能會有飄飄欲仙的感覺。

他高舉着金手，迎着落霞看着，所以，他也看到了那股一閃而過的紅光。大滿老九呆了一呆，他全然不知道那是什麼現象，他想到的，和白老大、鐵頭娘子又有不同，他想的是：天上落了什麼下來了？得趕過去看看。

所以，他也立刻向那個山頭趕去了。

三個人之中，白老大離目的地最近，鐵頭娘子次之，大滿老九最遠。所以，三人之中，到達那個山頭的次序，也是如此。

白老大先趕到那個山頭，他沒有立刻發現什麼，雖說看到紅光落向這裏，但是山巒起伏，山勢險峻，一時之間，也難以有所發現。

白老大趕到時，已是接近午夜時分，他在山頭上打了一個轉，沒有發現，也不打算再找了，就在他準備離開的時候，他經過一塊大石，步子十分急，所以一下子就和從那塊大石後急急轉出來的一個人撞了一個滿懷。

白老大絕未想到，半夜三更在這種荒山野嶺還會碰到人，所以他着實吃了一驚，而作為一個卓越的武術家，他的反應也快絕，雙手一伸，已經抓住了那迎面撞上來的人的雙臂。而在這時候，他非但不知道那是什麼人，甚至不知道撞上來的是人是猿，還是山魈野魅。

白老大在苗疆住得久了，知道在重山之中，什麼樣的怪事都可能發生，不管撞上來的是什麼，先抓住了他，總不會有錯。

及至十指一緊，他已覺出，被他抓中的，是瘦瘦的手臂，再定睛一看，月色之下，看到的是一張黑裏透俏的臉面，正現出大喜若狂的神情，張大了口，月光映得她一口的牙齒，白得耀目。

天地良心，白老大並沒有一下子就認出這個被他捉住了雙臂的女子就是鐵頭娘子。因為對他來說，在哥老會的總壇，一出手就制住了鐵頭娘子，這是微不足道的小事，早就忘到了九霄雲外了。

可是對鐵頭娘子來說，才一轉過石角，撞到了人，而且立即被人制住，自然吃驚之極。可是定睛一看，用這樣強有力的手，緊緊握住了自己手臂的人，竟然是自己日思夜想，為之失魂落魄的心上人，這一份狂喜，當真是難以形容，一時之間，幾疑身在夢中，所以也不免現出如夢似幻的神情——美麗的女人有這種神情，向例十分動人，所以令得白老大一時之間，雖然雙手已不再運勁，可是仍然握着鐵頭娘子的手臂。

鐵頭娘子很快就弄清楚發生的事，是真不是幻，她發出了一下歡樂無比的聲音，這種聲音，難以形容，而且根本不是自她的口中發出，而是自她全身三萬六千個毛孔之中迸發出來的。

同時，她也撲向白老大的懷中，她身子緊貼向白老大，雙臂用力抱住了白老大的腰，把她的臉，緊貼在白老大寬闊結實的胸膛之上，在那一剎那，她感到自己和白老大已經融為一體了。

她口中則含糊不清地發出聲音，勉強可以聽得清她在說：「可找到你了。皇天不負有心人，天意指引，可找到你了。」

她身子激動得在發抖——直到這時為止，白老大仍然未曾省起她是什麼人，一切變化來得如此之快，陡然之間，溫香軟玉滿懷抱，任何男性，都會怔上一怔，雖然那只是極短的時間，可是對鐵頭娘子來說，也就是天長地久了。

白老大先把她的雙手自腰際拉開，可是鐵頭娘子立即雙臂又繞上了白老大的頸。

她身形嬌小，他卻極高大，鐵頭娘子雙臂繞向白老大的頸，手臂伸向上，衣袖自然而然，褪了下來，露出了她的小臂，使白老大一眼看到了她小臂上的兩道傷痕。

當日，白老大賣弄自己的武功，令鐵頭娘子的柳葉雙刀，反傷她自己，在手臂上劃出了兩道口子，鮮血滲出，其實傷得極輕，損皮不傷肉，根本不算一回事，在傷癒之後，要全然不留疤痕，也是十分容易的事。

可是鐵頭娘子卻故意讓這兩道傷口在自己的玉臂之上留下了疤痕——在苗疆的兩年，她不知多少次撫摸着疤痕，減少或增加相思之苦，這種情懷，和大滿老九欣賞那隻金手，倒有異曲同工之妙。

白老大一看到了雙臂上的傷痕，自然認出了對方是什麼人，在對對方的熱情行為大是駭異之餘，他失聲叫了出來：「鐵頭娘子。」

可能是由於他驚駭太甚——當然一大半是為了對方的投懷送抱，所以他一開口，聲音有點澀，吐字不清。所以，後來鐵頭娘子堅持，她聽到的，只是「娘子」，沒有「鐵頭」。那就引申成了，既然叫我娘子，我也應了，那就得把我當「娘子」。

當時，鐵頭娘子確然應了一聲，應得清脆玲瓏，應得滿心喜悅，就差沒有引起陣陣回聲。

白老大認出了鐵頭娘子，也感到了鐵頭娘子的行為有異，所以他又拉開了鐵頭娘子的手，身子也後退了些，可是鐵頭娘子卻趁機雙手緊握住了白老大雙手的一隻手指，凝望着白老大，眼神之中充滿深情，身子還在不停地發着抖，又待向白老大靠來。

白老大自然可以抽身後退，甚至可以一腳把鐵頭娘子踢出老遠去。

可是白老大卻沒有任何行動。

因為那時，鐵頭娘子的行為雖然古怪，可是她的模樣卻動人之極。才一照面時的那種愁苦、惶急和憔悴，早已一掃而空，代之以甜蜜的笑容，深情的眼神。雙頰黑裏透紅，如同燒紅了的炭火，嬌喘連連，飽滿的胸脯起伏——那曾使大滿九爺失了一隻手。她整個人，像是變得完全沒有骨頭一樣，只是軟軟地要向白老大靠過來。

白老大好幾次想把她推開去，可是都被她的眼神擋了回來，也就只好由得她偎依在自己的身邊。

這時，白老大的思緒雖然十分亂，但是他也知道，鐵頭娘子的心中，必然有了極其嚴重的誤會，而且，這個誤會，也一定極難解釋得清楚。

他好幾次想開口，可是又不知道該如何說才好，結果反倒是鐵頭娘子先開口。她先是長長地吁了一口氣，像是一見了白老大之後就沒有透過氣，然後才道：「找得你好苦。」

白老大苦笑：「你……找我？」

鐵頭娘子抬起頭，望着白老大，輕咬下唇，又吁了一口氣：「你臨走的時候怎麼向我說來，剛才又叫了我一聲娘子，我……這兩年來雖然受盡了苦楚，可是雲開見月，也不算冤枉。」

白老大一開始，聽得莫名其妙，他哪裏知道自己重傷之後現出來的古怪神情，會被鐵頭娘子當作是在向她挑逗，而且更進一步，在兩年來的苦苦相思之中，她形成了一個幻覺，把白老大的眼神，化成了語言，認為白老大真的曾向她說過情話，所以這時才會有那樣的話。

白老大聽不懂這番話的頭一段，但是接下來的話，他卻是聽懂了的，他不禁大吃一驚，知道再讓這個誤會延續下去，必然大大不妙，會生出無數事端來。

所以，他硬起心腸，把鐵頭娘子推開了些，自己也連退了幾步，他這樣做，本來是想擺脱鐵頭娘子，至少不和她再有身體的親近接觸。

可是，沒想到他才一退，鐵頭娘子身子一聳，就撲了上來，雙手勾住了他的頸，雙腿就勢盤住了他的腰。

鐵頭娘子身形嬌小輕巧，動作又快又出乎意料，白老大竟然未及提防，而一被鐵頭娘子用這樣的姿態纏上了，且纏得如此之緊，再想擺脱她，自然更加困難了。

白老大為人一世英雄，可是在那樣尷尬之極的情形下，也實在不知該如何才好。他又不能硬把鐵頭娘子推開去，要那樣做的話，他的一雙大手，非和鐵頭娘子柔軟的身子有過度的接觸不可，他只能把鐵頭娘子打昏過去，可是那得出重手才行，白老大又難免有猶豫。

而鐵頭娘子名副其實地纏上了白老大之後，心滿意足之至，她的氣息，噴在白老大的頸際，令白老大感到了又癢又酥，就算有氣力也使不出來。

鐵頭娘子又在白老大的耳邊説了一些話，可是別説白老大沒有聽明白，只怕連鐵頭娘子自己，也不知道自己説了一些什麼。一個女性在心滿意足之時發出來的聲音，有誰會去追究那些聲音的詳細內容，知道那是代表着愛的信息，也就足夠了。

白老大全然不知道如何才好，他只好轉着身子，鐵頭娘子仍然纏在他的身上，白老大才轉了半個圈，就陡然看到眼前金光一閃。他再定睛看去，幾乎不相信自己的眼睛——什麼樣的怪事，全在這一晚上發生。

他看到的是，在離他不遠處，一根石筍之旁，站着一個人，那人一手扶着石筍，一看就知道，他如果不這樣，就站不穩，而他的另一隻手，在清冷的月光之下，金光燦然，掩住了他的臉。

看來，他像是掩住了臉，不想看眼前的情景，可是事實上他並未能做到這一點，他掩臉的動作，只是自欺，因為他像是餓狼一樣的眼睛，正在金光閃閃的手指縫中，直透出來，甚至比金光的閃耀還要強烈。

突然之間出現了這樣的一個人，白老大在吃驚之餘，頭腦又倒清醒了大半，他伸手硬轉過鐵頭娘子的臉，沉聲道：「看，有人來了。」

鐵頭娘子沉醉在白老大的懷中，天塌下來，她也不會注意到，不然，她是應該早看到那人的，直到這時，她才「啊」地一聲，可是，她卻絕沒有離開白老大的意思。

白老大這時，不禁大是狼狽——不管來的是什麼人，鐵頭娘子這樣纏在他的身上，總是不成體統，鐵頭娘子由於過度的興奮，豁了出去，他白老大可是沒有名堂之至。

所以他立時低叱：「快下來，叫人看了，像是什麼樣子。」說一切全是天意，也真是的，白老大這時，在叱責之中，偏偏加了半句「叫人家看了」，言者無意，聽者有心，聽在鐵頭娘子的耳中，心頭又泛起了一股蜜意——叫人看了不像樣子，要是沒有人看到，只是兩人世界，那自然再親熱都不打緊。

鐵頭娘子在那一剎那，變成了棉花娘子，柔順貼服，無與倫比，清脆地答應了一聲，立時落下地來，但仍然緊靠着白老大，還捉住了白老大的一隻手。

而那人，也在這時發出了一下長嘆聲，垂下了那隻金光閃閃的手。

那人，自然是大滿老九，他趕到，發現白老大和鐵頭娘子的時候，正是鐵頭娘子和白老大相會不多久的事，他們兩人的行動，看在大滿的眼中，只覺得眼前這一雙男女，簡直是纏綿之極，等到鐵頭娘子纏上了白老大高大的身子，大滿像是跌進了深淵，幾乎閉過氣去。

金光閃閃的手一垂下，鐵頭娘子自然認出，眼前的人是大滿老九。

她哪裏知道老九是一往情深，進苗疆來找她求愛的，一見之下，喜上加喜，脫口道：「九哥，你來得正好。」

大滿老九人並不笨，本來他在大麻子那裏，知道鐵頭娘子到苗疆來，完全是她一廂情願，所以他充滿了信心。可是等到他見到了鐵頭娘子時，鐵頭娘子才和白老大相會。在旁觀者看來，兩人的身體親近，熱烈無比，一點也不像是鐵頭娘子的單相思。

大滿眼看着白老大對鐵頭娘子火辣辣的親熱行動，一點也不拒絕，而且，也無法知道兩人之間講了多少他聽不到的話，早已心灰意冷。

這時，他知道鐵頭娘子看到了他那麼高興的原因，他現出了一個比哭更難看的笑容，聲音嘶啞：「恭喜了。可是你們要交拜天地，少了一個主禮人。」

鐵頭娘子眉花眼笑：「正是。」

白老大愈聽愈不對路，他大喝一聲：「你們——」

他本來想喝：「你們在說什麼」，可是他才叫出了「你們」兩個字，就聽到一下轟然巨響，同時，左首處，火光迸現，剎那之間，照得半邊天通明，可是只有幾秒鐘，火光就不再見。

那一下巨響，把白老大要喝的話，擋了回去。白老大也陡然想到，自己之所以來到這裏，全然是看到像是有一隻飛機失事墮毀在這裏之故。忽然冒出了鐵頭娘子來，這才打了岔，忘記了。那一下巨大的聲音，是不是失事飛機爆炸的聲音？

一時之間，他也顧不得亂七八糟的事，疾叫一聲：「那邊有飛機摔下來了，我們去看看。」

他說着，身形掠起，就向前奔了出去。鐵頭娘子身形輕盈，仍然握住了白老大的手不放，大滿老九看出來，就看到他們兩人手拉着手一起向前奔出去。他略呆了一呆，也跟着奔出。

這個山頭，離白老大這些日子來的棲身之所，倮倮人烈火女所住的山洞極近——那個山洞，就在這個山頭的範圍之內，所以白老大對這一帶的地形極熟，縱躍如飛，鐵頭娘子一直和他手拉着手，縱躍之際，兩人同起同落，鐵頭娘子快樂得像是做了神仙。

大滿老九看得大是嘆服，後來問了白老大，才知道白老大就住在附近，所以地形十分熟悉。

奔出了不多久，就到了一座峭壁的邊緣，向下看去，看到峭壁之下還有一團圓形的紅色火光，在不住閃動，那團火光的範圍相當大，在火光之旁，看來像是有兩個人，正在蹣跚而行，走不幾步，卻又一起跌倒在地上。

白老大失聲道：「有人生還，看情形受了傷。」

鐵頭娘子心情極好，立時叫：「快下去救人。」

第十二部

神仙打救

白老大向峭壁一指：「這峭壁，我好幾次上下攀緣，險惡莫名，非要有大量繩索不可。」

說到這裏，大滿老九也已趕到，白老大道：「你們等在這裏，我去找繩索來，千萬別輕舉妄動，我說空手下不去，就是下不去。」

鐵頭娘子不捨得：「白哥，我和你一起去。」

白老大一頓足，指着鐵頭娘子：「你，我得好好和你說清楚，你全都想岔了，全沒那回子事，也真不知道你是怎麼想的。」

白老大說得聲色俱厲，鐵頭娘子簡直嚇呆了，只知道眨巴眼睛，不知道如何反應。

白老大又大喝一聲：「等我回來，不要亂走。」

說着，白老大已轉身疾掠而出，白老大的身形才一轉過山角，大滿和鐵頭娘子兩人就聽到白老大發出了「咦」地一聲，問：「你怎麼在這裏？」再接着，又是一個小孩子的叫聲：「爹。」

當時，大滿和鐵頭娘子各有心事，所以聽了之後，也沒有在意。

大滿和鐵頭娘子沒有在意的事，我和白素等都感到意外之極——白素在聽木蘭花敘述時，和我這時聽白素複述的情形一樣，急急作了一個手勢，請她暫停，我有重要的問題要問。

據白素說，木蘭花在聽大滿老九說往事，說到這一點時，也曾叫老九重複，仔細地回想這一個細節，老九也說得十分詳細。木蘭花心思縝密，她也感到這個細節，關係十分重大。

我一做手勢，白素就停口，我吸了一口氣：「白老大見到了什麼人？」

白素道：「自然是哥哥。」

我疑惑更甚：「那時，他還不到兩歲，怎麼會半夜三更，獨自在山野之中？」

白素的語氣遲疑之極：「不是說那個山頭，離他住的那個烈火女山洞十分近嗎？哥哥自己走出來逛逛，也……有可能。」

白素一面說，我一面搖頭。白素又道：「那個團長就說過，爹叫哥哥自己回去，團長聽了之後，嚇了一大跳，可知哥哥是經常獨來獨往的。」

我思緒紊亂之至，舉起了手，示意白素先別出聲，讓我好好靜一靜。

我知道，如果找尋一個完整的故事如同完成一幅拼圖的話，那麼最重要的一塊，就快要出現了，問題是這一塊，還隱藏着，不肯顯露出來。

我就是要把「這一塊」找出來。

過了一會，我才道：「素，讓我們一步一步，把事實湊出來。」

白素立時明白了我的意思，所以她首先提出：「爹離開，是要去找大量的繩索，去救峭壁下的那兩個人——」

我接上去：「最快能得到大量繩索的方法，是到倮倮人聚居的村落去找。」

白素道：「爹一轉過山角，就見到了哥哥，他當然抱起哥哥來，就抱着哥哥趕路。」

我用力揮了一下手：「他到了倮倮人的村落，說出了自己的要求，先回峭壁去，他一定吩咐了倮倮人帶着繩索，隨後趕來。」

白素的語調相當慢，她一面思索，一面說：「這一去一來，天已亮了，他在半路上，遇上了那個團長，救了團長，所以他才會問團長是不是也是摔飛機的倖存者。」

我連連點頭，白素分析得有理，而且，時間上也十分合榫。我道：「團長說了不是，白老大又追問大帥府發生的事，他當然知道陳大小姐的身分，所以才關切。他又趕着去救人，這才令孩子先回去，當時，令尊對孩子說什麼來着？」

白素的神情凝重：「那團長說，爹當時說的是：該回去了，你媽會惦記，可是那兩個人，又不能不理，你能自己先回去？」

我和白素都好一會不出聲，然後，才進一步分析，我先道：「你曾說，直到這時，一家人全是快樂家庭。」

白素道：「是，爹當時這樣說，表示他一夜未歸，哥哥也出來很久了。」

我皺着眉：「接下來又怎樣呢？令兄先回去，白老大又回到峭壁去。」

白素點頭：「先說爹走了之後的情形。」

在峭壁之上，天色黑暗，四下冷清。等白老大走了好一會，鐵頭娘子才定過神來，問大滿老九：「他……剛才說什麼來？他為什麼發那麼大的脾氣？」

老九旁觀者清，自然知道了是怎麼一回事，他嘆了一聲：「鐵妹子，他說你把事全想岔了……那就是說，他心裏根本沒你這個人。」

鐵頭娘子「格格」一陣嬌笑，根本不把大滿的話放在心上，直笑得大滿心煩意亂，一聲大喝：「從頭到尾，全是你一個人在害單相思。」

接着，大滿就把大麻子的判斷一口氣說了出來。他一路說，鐵頭娘子一路搖頭，可是俏臉上卻也喜氣漸褪，變得十分蒼白。

她指着大滿，聲音尖厲之極：「你胡謅。這全是我自己的事，你們倒比我清楚？」

大滿盡最後努力：「鐵妹子，旁觀者清，當局者迷。」

鐵頭娘子大叫：「剛才的情形，你明明看到，他對我多親熱。」

一想起剛才看到的情形，大滿老九也無話可說，他悶聲不出，走開了幾步，鐵頭娘子芳心繚亂，團團亂轉，又躍上了一塊大石，向白老大離開的方向眺望。

在這段時間中，他們兩人根本沒有去留意峭壁之下那兩個「摔飛機」的生還者怎麼樣了。

一直盼到天亮，鐵頭娘子才看到白老大健步如飛趕回來，她立時一聲叫：「白哥。」一面叫，一面向白老大疾奔了過去，白老大才轉過山角，她已疾撲而上，看情形，她又想纏在白老大的身上。

可是這一次，鐵頭娘子卻非但未能如願，而且，形成了十分滑稽的局面——白老大有了提防，鐵頭娘子一撲了上來，他雙手齊出，一下子就抓住了鐵頭娘子的雙臂，把鐵頭娘子直提了起來。

鐵頭娘子驚恐無比，連聲音都變了：「白哥，咋不讓我抱你？」

白老大板下了臉：「你全想岔了，我早有妻兒，當時身受重傷，眼前金星亂迸，怎能對你眉目傳情？昨夜乍一見你，也根本認不出你是什麼人。」

白老大知道事情必然要速戰速決，所以話一說完，雙臂一振，把鐵頭娘子重重放落地下。

鐵頭娘子全身篩糠也似發抖，神情悽惶無助之極，上下四面看看，像是想向空氣求助，大滿老九這時和她的目光接觸，他也不禁身子發顫，他亟想獻出助力，可是又無從着手。

鐵頭娘子的話，也表示了她心中的無助：「這可叫我摸不着魂頭了，這可叫我摸不着魂頭了。」

她連叫了好幾遍，「摸不着魂頭」（全然不明所以），又悽然笑着，顫聲問：「白哥，你在耍我？別耍我，這可不是玩耍子的事。」

鐵頭娘子這幾句話，說得淒婉之極，聽到的人，要說不被感動，那是假的，白老大何嘗不難過，可是又非硬起心腸來不可。

他沉聲道：「就是不是玩耍的事，所以才要說得一清二楚。看來這位大爺對你很有情意，你轉過頭去看看，就可以明白。」

白老大和大滿老九，還是第一次見面，他不知道老九的身分，但老九一表人才，又鑲着一隻金手，一望而知是江湖上一位出色的人物，而且這時，老九的那一副失魂落魄的關切之情，誰都可以看得出來。白老大這樣說，也合情合理之至。

鐵頭娘子也直到這時，才知道事情不是開玩笑，而是真的自己會錯了意，她作了最後的掙扎：「那……你怎麼一碰面……就稱我『娘子』？」

白老大嘆一聲：「你不是叫鐵頭娘子嗎？我就是這樣叫的，你卻只聽了後兩個字。」

鐵頭娘子身子陡然一震，不再發抖，開始笑了起來，雖說是笑，可是那聲音比哭難聽，笑了一會，陡然雙腕振動，柳葉雙刀，已然出鞘，一翻腕，就向自己的頸項之中砍去。

鐵頭娘子要刎頸。

有白老大和大滿老九這兩個高手在旁，她自然不能得手，老九金手一翻，先硬將她左手刀奪了下來，白老大腳起處，踢中了她的右腕，把右手刀踢得直揚了起來，飛出老遠。

鐵頭娘子也真有了必死之心，雙刀脱手，她連哼都不哼，一個轉身，就向着峭壁，疾撲而出。

這一下變化，在一旁的兩大高手，也沒有料到她死志如此之決，眼看鐵頭娘子已撲出了懸崖，那峭壁直上直下，少説也有百來丈高，跌下去，自然是粉身碎骨。

大滿老九首先大叫一聲，竟然也不顧一切，向前撲了出去，他金手伸處，一下子沒能抓住鐵頭娘子，連他自己也出了懸崖。

在這剎那間，發生的變化，當真驚心動魄之極，白老大雖然久經世面，但也不免頭皮發炸，他也大叫一聲，撲到了懸崖邊上，向下看去。

這一看，白老大卻看到了再也難以料得到的奇景。

他看到，鐵頭娘子和大滿，正在向下跌下去，大滿還在不斷想抓住鐵頭娘子，可是始終差那麼一點點，未能抓得住。

那時，如果鐵頭娘子願意向大滿伸出手來，兩人倒是可以雙手相握的，可是鐵頭娘子一點行動也沒有。雖然兩人就算雙手相握，也無補於事，一樣難逃一死。

而就在那時，真正的奇景出現了，只見兩個人，一身銀光閃閃，也不知從哪裏冒出來的，忽然疾飛而上，帶着一種異樣的聲響，上升之勢極快，一下子就來到了大滿和鐵頭娘子近前，各自一伸手，一人抓一個，繼續上升，一眨眼到了懸崖之上，鬆手放下了兩人，繼續上升，轉眼之間，只剩下了一個銀色小點，消失在天際。

白老大看得發呆，大滿和鐵頭娘子，真正是進了鬼門關又出來，更是如同泥塑木雕一樣。

三個人不知過了多久，連血液都為之凝結，還是鐵頭娘子最先發出聲音，她「哇」地一聲，哭了出來，一面哭，一面撲向大滿老九，大滿老九一時之間，未曾會過意來，竟被她撞退了半步，這才會過意來，雙臂把鐵頭娘子緊緊摟在懷中。

剛才的事，雖然只是發生在電光石火之間，可是勝過了千言萬語。

一個肯為你而死的男人，在女人的心目之中，還有什麼比這更可貴的？

剎那之間，能由死到生，自然也容易由不明白到明白。在一旁的白老大，看到兩人緊緊相擁的情形，十分感動，以為什麼麻煩事也沒有了。

過了好一會，鐵頭娘子和大滿才異口同聲地問：「剛才是怎麼一回事，那兩位神仙……不等我們叩謝救命之恩，就飛走了？」

大滿老九和鐵頭娘子都沒有多少現代知識，剛才他們獲救的經過又如此異特，所以他們一下子就想到了「神仙」。因為各種神仙故事正是中國民間傳說之中，最豐富的部分。他們都是四川人，四川更是傳說中神仙出沒最多的地方，峨眉天下秀，青城天下幽，這兩座名山，正是神仙洞天。所以他們才會一下子就認定是神仙打救。

但白老大的想法自然不一樣，他知識豐富，想像力非凡，剛才那兩個人，「飛」得如此之快，已使他覺得詫異無比，在看到了大滿和鐵頭娘子擁作一團之後，他一面感嘆世事變化之快，一面已疾步走向懸崖，向下面看去，他看到剛才冒出的那一大圈火光已經完全熄滅，留下了一個大圓圈，呈灰白色，看來是一個很大的、圓形的大金屬餅，從高處看下去，很難判斷它的高度，但至少也在三公尺高下。

白老大一看之後，就失聲道：「那不是飛機，也不是摔下來，那是宇宙飛船，是正常的降落。」

大滿和鐵頭娘子這時也挽着手，來到了白老大的身邊，向下看去，神情十分疑惑，因為白老大的話，他們根本聽不懂。

而白老大這時，心中的興奮，難以形容，那時，全世界範圍內，有關不明飛行物體的報道，絕無僅有，而他有了那麼大的發現，自然令他欣喜，所以，他指着下面的那個「大圓餅」，向大滿和鐵頭娘子，詳細解釋什麼是宇宙飛船，什麼是來自外星的高級生物，説得興致勃勃。兩人似懂非懂地聽着。鐵頭娘子甜甜地笑：「天上來的，就是神仙，那……宇宙飛船……當然是神仙的座駕。」

大滿也附和：「是啊，周穆王去見西王母，也是駕着會飛的車子去的。」

白老大乍一聽得他們這樣説，不禁有點啼笑皆非，但是，轉念一想，就作這樣解釋，又有何不可？

這時，他心中在想的是，等倮倮人把繩子送到，他就縋下去，看個究竟，他並且鼓勵大滿和鐵頭娘子一起下去看看，他告訴他們，那是「千載難逢的機會」，同時，他也知道，他的這個發現，必然轟動全世界，也需要有其他的人來證明他的發現。

可是大滿和鐵頭娘子，卻十分猶豫，遲疑道：「會不會……冒犯了神仙？」

白老大「哈哈」大笑，正想開解他們。忽然那種刺耳的破空之聲，又自空中傳來。三人一起抬頭看去，只見兩道銀虹，又自天而降，正是剛才飛走的兩個神仙，又飛回來了。

白老大更是大喜過望，雙手高舉，又叫又跳，歡迎「神仙」降落在他面前，可是兩股銀虹，到了還有幾百尺高處，在陽光之下，可以十分清楚看到，那是兩個人，身上穿着銀光閃閃的衣服，在半空中略停了一停。

白老大大叫：「他們看到我們了。」

大滿和鐵頭娘子在這時，雙雙跪下，叩起頭來。

可是那兩個「神仙」只在半空中略停了一停，就極快地飛向一邊，掠過了最近的一個山頭，看不見了。

大滿老九在這時候，聽白老大說了一句像是自嘲的話：「哈，不肯在這裏相見，到我住所去等我？」

這句話，才一聽到，大滿並不知道是什麼意思，白老大向那山頭一指：「我住的山洞，就在那邊，兩位要不要跟我一起過去，說不定仙緣巧合，能和神仙見上一面，就福分非淺了。」

他知道兩人的現代知識不夠，所以才用這樣的話，去打動他們。果然，兩人一聽，互望了一眼，滿心喜悅，連連點頭。

白老大已急急向前走去，大滿和鐵頭娘子跟在後面。鐵頭娘子這才知道白老大的住所，就在那個山頭，想起自己在苗疆打了兩年轉，如今時易勢遷，恍如一夢，人生的變化，實在太大，她也不禁十分感慨。

他們走出了沒有多久，山路崎嶇，雖說不遠，但是也有一段路要走，好在他們全是負有絕頂武功的人，又是各自心情最好的時候，所以雖然一夜未寐，但一樣精神奕奕，健步如飛。

不一會，就迎面遇上了一隊倮倮人，各自揹着野藤或樹皮搓成的繩索，那自然是白老大找來的，白老大和帶頭的說了幾句，很有猶豫的神情，決不定是先去峭壁之下看那宇宙飛船，還是去找那兩個神仙。

這時，鐵頭娘子說了一句話，使白老大有了決定，她道：「那……船不會走，神仙要是等久了，說不定就會生氣，還是——」

白老大道：「說得是。」

他吩咐了倮倮人幾句，就再向前趕路，轉過了一個山角，看到前面有一個孩子，呆呆地站着。

白素向我轉述往事，到這裏，停了一停。我早已聽得十分不耐煩了——並不是事情沒有吸引力，而是我有太多的問題要問，偏偏白素一口氣說下來，使我沒有發問的機會，這才坐立不安的。

白素才一住口，我就豎起兩隻手指，表示有兩個大問題要問。白素也作了一個「請問」的手勢。

我在發問之前，先嘆了一聲：「我不明白，木蘭花和你所說的一切，正是我們多年來在合力探索的事，為什麼你一直瞞着我，不對我說？」

白素像是料到了我的第一個問題必然如此，所以她連半秒鐘都沒有考慮，就道：「這個問題，等我把事情的經過講完之後，你自然會明白，就算你仍然不明白，我一定負責使你明白。」

我聽得她這樣說，只好悶哼一聲，自然不能再問下去了，於是，我提出了第二個問題：「我們是在爭論女野人紅綾是不是我們的女兒，我看不出你說的那些事，和這個爭論有什麼關係。」

白素望着我，我等着她的回答，她卻只說了兩個字：「同上。」

我要呆上一呆，才知道「同上」的意思是：第二個問題和第一個問題的答案一樣。

我不禁大是惱怒：「這算什麼？你不是中間休息，讓我先問的嗎？」

白素嘆了一聲：「是，但在你未曾知道全部經過之前，我也只能這樣回答——我給你發問，是因為我知道你性子急，不停下來讓你問一問，你會憋不住。」

我只好苦笑，這些年來，白素對我的了解之深，自然無人可及，所以我伸手在她的手背上輕拍了兩下，表示暫時接受了她的答案。

白素於是繼續叙述。

白老大、大滿和鐵頭娘子趕去見「神仙」，白老大認為「神仙」大有可能是到他居住的那個山洞中去了，那個山洞，自然也就是烈火女居住的山洞——白老大何以會落腳在烈火女的山洞之中，自然有它的因由，此處不贅。他們忽然看到一個小孩子站在路中，那又是十分險峻的山路，一不小心，就有粉身碎骨之虞，大滿和鐵頭娘子，自然大是奇怪，失聲叫了起來。

白老大卻一點也不奇怪，他笑着道：「這是小兒，別看他兩歲不到，但自小在山裏竄慣了，並不礙事。」

大滿和鐵頭娘子又是驚訝，又是佩服，他們想起白老大在離去時，曾聽得有孩子的聲音叫「爹」，自然就是眼前這個小男孩了。

大滿立刻誇獎，那時，小男孩——留着「三撮毛」的白奇偉，轉過身來，一見到白老大，就叫：「爹。」

叫着，白奇偉已向白老大疾奔了過來，神情惶急，臉上還有着淚痕，叫的聲音，也充滿了哭音。

白老大在剎那之間，由滿臉笑容，變得神情駭然莫名，因為他已從小孩子的神情中，看出一定發生了極不尋常的變故。

他迎上前去，一把抱起了白奇偉，連聲問：「叫你自己回去，你怎麼不回去？怎麼啦？什麼事？」

白奇偉那時，不足兩歲，語言只在起步，並不能表達心意，他只是唔唔呀呀，一點說不出什麼名堂來，白老大空自急得連連頓足，見問不出所以然，便邁開大步，向前趕路。

大滿和鐵頭娘子一見這種情形，也知道已有變故發生，他們急急跟在後面，想對白老大有所幫助。

可是白老大的行動比他們快，地形又熟，許多險之極矣的地方，白老大抱着孩子，一掠而過，兩人卻要繞路。

第十三部

另外還有人看到了

所以，等到大滿老九和鐵頭娘子趕到一個山洞口的時候，他們並不知道發生了什麼事，只看到山洞口有不少倮倮人，都在向天行禮，跪拜不已，而在山洞之中，傳來了一下聽來憤怒、悲痛之極的吼叫聲，簡直震耳欲聾，不像是人類所能發出，可是一聽就知道那是白老大發出來的吼叫聲。

緊接着，白老大抱着孩子，疾竄了出來，大滿和鐵頭娘子正待進洞去，幾乎沒和白老大撞了一個滿懷，這是白老大撲出來時，帶起了一股勁風，這才使他們知道趨避。對兩人來說，白老大的行動，實在太快，人影一閃，已在三丈開外。

兩人發一聲喊，一起又追了上去，他們仍遠遠落在白老大的身後，一直到了那懸崖上，才看到白老大抱着孩子，身形挺立，向下面看着。兩人趕到，也向下看去，不禁呆了一呆，就這麼一個來回，下面的那個「大鐵餅」已經不在了！

大滿和鐵頭娘子一起叫了白老大一聲，白老大轉過頭來，狠狠地瞪着鐵頭娘子，他臉色鐵青，目光凌厲如刀，樣子可怕之極，竟令得鐵頭娘子連退了三步，捉住了大滿，身子發起抖來，由此可知白老大此際的神情，是何等之凌厲可怖！

那時白老大的眼神，確然可怕之至，大滿後來在向木蘭花敘述往事時，説到這一節，他滿是風霜的臉上，居然大有懼意，他道：「那時，白老大的目光雖然不是射向我，可是我也能感到那如同利劍一樣的鋒利，真的是叫人不寒而慄，我到現在想起來……還覺得害怕——不知道為什麼他忽然之間，對鐵妹子恨到了這樣子！」

由於他形容逼真，當時木蘭花也駭然問：「究竟是為了什麼？」

大滿搖頭：「我不知道，鐵妹子也不知道，我們一直不知道。後來，聽説白老大離開了苗疆，我和鐵妹子一心想去拜見他，可是一想到他那時那種充滿了恨意的眼光，我們就不敢。」

大滿和鐵頭娘子兩人在白老大凌厲之極的目光逼視下連連後退，白老大陡然伸手，指向鐵頭娘子，鐵頭娘子和大滿兩人，摟作一團，駭然欲絕，只聽得白老大舌綻春雷，一聲陡喝：「滾……快滾！再也別讓我見到你！」

他指的是鐵頭娘子，喝的也是鐵頭娘子，但是結果是大滿和鐵頭娘子一起在白老大的暴喝之下，轉身就奔，白老大的神情太可怕，他們非但不敢與之為敵，連想解釋幾句都不敢。

他們這一走，一停也不敢停，唯恐再遇上白老大，一直到出了苗疆，才鬆了一口氣，在他們走了之後，又有什麼事發生，他們自然不知道了。

白素說完了往事之後，望了我一下：「當時，我和木蘭花，曾經有過討論！」

我作了一個手勢，示意她先別將討論的結論告訴我，因為在這時，我也有了一個隱約的概念，推測到了發生了什麼事。

我的神情，一定古怪之極——如果我的推測是事實，那麼，一切發生的事，簡直是一個荒謬之極的悲劇：本來可以絕不發生，可是莫名其妙，由於一些事先誰也不會注意的小節，或是看來全然無關的一些事，交集在一起，居然就出現了如此可怕的後果，那可以說是人生無常的典型！

本來，人的一生，就永遠無法知道自己的一生，下一步會怎麼樣，也不知道這一件事發生之後，對一生之中另外一些事的影響。而這個事件，如果我的推測屬實，那真是陰錯陽差之極！

我在思索的時候，白素一直望着我，等我吁了一口氣，她才問：「你也想到了？」

我十分緩慢地點頭，彷彿要做這個動作，十分困難。

我們兩人又好一會不作聲，才由白素先打破沉默：「鐵頭娘子在苗疆，乍遇我爹，兩人身體親熱，鐵頭娘子大喜過望的情景，在一旁看到的，不止大滿老九一個！」

我深深地吸了一口氣：「是，還有令堂，陳大小姐。」

一時之間，我們都不由自主，閉上了眼睛，而且雙手互握，兩個人的手都冰涼，我們都同時想像當時的情景。

白老大和鐵頭娘子相遇，白老大一開始，根本認不出她是誰，可是鐵頭娘子卻熱情如火，多少日子的相思之火，驟然噴發，她的嬌軀，纏在白老大偉岸的身子上，這樣子的親熱法，看在大滿老九的眼中，已經令他雙眼冒火，若是看在陳大小姐的眼中，她會怎麼想？

陳大小姐當時懷着孕，孕婦的情緒本就容易波動，再加上陳大小姐的出身、脾性，都是驕縱慣了的，她又是念洋書出身，絕沒有男人可以有三妻四妾的觀念。讓她看到了她的丈夫（白老大已和她同居生子），忽然和另一個女子如此親熱，在這個女子的動作神情中又看得出，她對他戀情之深，決非一朝一夕之功！

在這樣的情形之下，陳大小姐會有什麼想法？

那對她來說，一定是可怕之極的打擊，那一剎那的痛苦，必然如同五雷轟頂，如同萬箭鑽心，如同天崩地裂，如同血液凝結！

如果她是一個普通女人，或許會立時現身出來，叱喝責問——若是那樣，一切誤會，也可冰釋。但是她性格高傲，豈會如同潑婦一樣吵鬧？

推測在那時，陳大小姐的處境，必然是由生到死，再由死而悠悠醒轉，身心所遭受的慘痛，有甚於下刀山，落油鍋！她身心俱碎，那種痛苦，她不知是如何忍受過來的！

我和白素的推測，顯然相同，因為白素身子發顫——她自然也是想到了陳大小姐在那一剎那的慘痛，那是她的母親，她想到了這一點，自然更有血肉相連的感應。

好一會，我們才睜開眼來。我道：「她看到了令尊和鐵頭娘子的情形，所受的打擊極大，她又不現身，那時，她一定和你哥哥在一起！」

白素的聲音帶着哽咽：「我想是，爹深宵未回，她就帶着哥哥出來察看，她還懷着我，卻不料，看到了爹和鐵頭娘子相會的那一幕！」

白素說到這裏，雙拳緊握，咬牙切齒。我絕少見她現出這樣的恨意，忙握住了她的雙拳，吸了一口氣，才道：「能怪誰呢？似乎……也不能怪鐵頭娘子！」

白素昂起頭，長嘆一聲：「造化弄人，怎麼會什麼事都湊在一起了？」

我也有同感：「先研究後來發生了什麼事！」

白素勉力鎮定：「我和木蘭花研討的結果是，她失魂落魄，傷痛之極，令哥哥站在當地，自己離去了。」

我同意：「這就是何以白老大一轉過山頭就有小孩叫『爹』的原因——我不明白，以白老大的聰明才智，看到令兄半夜一人出現，應該想到有可能是令堂帶他出來的！」

白素道：「我們現在回想，自然會有條理，但想想當時，發生了多少事！」

我嘆了一聲：「是！」

確然發生了許多事，先是有帶着火光的「飛機」掠過上空，接着又忽然冒出了鐵頭娘子，白老大明知鐵頭娘子誤會，也沒有時間解釋，何況白奇偉多半是一會走路就滿山亂走的，所以白老大也想不到他的母親也曾來過這裏！

而陳大小姐之所以會帶着白奇偉來到這裏，以至看到了白老大和鐵頭娘子相會的這一幕，自然也是被出現在天空的那一道紅光引來的！

一艘不知來自宇宙何處的飛船，可能在百萬光年之外，進入了地球的大氣層，降落在地球的一處，這樣的一件事，就吸引了幾個人，一起到了那個山頭，於是這四個人的一生，都因此改變；不但是這四個人，還影響到了當時甚至還未出世的許多人！

世事之不可以預料，一至於此！

不論是什麼事，都是許多看來毫無關係的事相互影響發生的。例如，唐朝時在沙漠中生活的一個女人，會和我有什麼關係呢？可是這個叫金月亮的唐朝美女，復活了，又和外星人杜令戀愛，他們要離開地球，來找我幫忙，就使我和白素在苗疆發現了紅綾！

大家都知道事情必然有前因後果，可是也很難想像，「前因」竟可以遠到這種程度！

白老大抱起了白奇偉，到倮倮人聚居處去要繩索，回程時救了團長，再到峭壁上和鐵頭娘子解釋了誤會，那時，陳大小姐在傷心欲絕之餘，不知道到什麼地方去了，自然一直不知那一幕是一場誤會，只是鐵頭娘子的單相思，並非白老大移情別戀或是有心欺瞞。

陳大小姐到哪裏去了呢？

我先是打了一個寒戰，但接着，我自己在頭上拍了一下——我首先想到的是，陳大小姐性子烈，受了這樣的打擊，可能會自殺，在山上要跳崖自殺，太容易了！

但隨即我想到，其時她身懷六甲，若是那時就死了，哪裏還會有白素？

但是她顯然是不在那個山洞之中，白老大一心以為「神仙」會在山洞之中，他和大滿他們一起趕去找，白奇偉又在中途出現，白老大曾要白奇偉先回去，不然，「媽媽會惦記」，白奇偉自然是回家之後，見不到母親，所以又呆坐在山路中，他當時小得連話也不會說，不見了母親，自然着急，也有可能，他看到了母親的一些反常行為，所以害怕，可是他又無法把自己看到的情形說出來。

等到白老大進了山洞，不見陳大小姐，也有可能，他見到了陳大小姐留下的一些什麼，知道發生了什麼事，所以他才發出了一聲怒吼，悲痛莫名。

以他的才智，這時自然想到自己和鐵頭娘子相會的情形，已落到了陳大小姐的眼中，所以他才會用那種恨毒的眼光，趕走了鐵頭娘子，因為若不是鐵頭娘子陰魂不散的單戀，自然不會有事發生！

推測到這裏，我道：「我的設想，多半陳大小姐是留字出走的！」

白素苦笑：「不單是出走，她……一定是不想活了！」

我向白素指了一指，意思十分容易明白，況且陳大小姐後來還和靈猴在一起，又收了一個身形如猴的倮倮人為徒，可知她就算不想活了，也沒有即時就死。白素低下頭去：「木蘭花作了兩個分析。」

我忙道：「這個奇女子怎麼說？」

白素道：「一個可能是她尋死之前，想起了腹中的胎兒，覺得不應禍延無辜，所以才沒有死。另一個可能是，她在覓死的過程中，也為兩個外星人所打救——當時兩個外星人的飛行路線，是投向她住的山洞。而且，爹一自山洞出來，就再去到宇宙飛船之旁，可是，那時，飛船已經離開了！」

我駭然：「帶着陳大小姐離開！」

白素雙眉緊鎖，我為了使氣氛輕鬆一些，拍着她：「真不簡單，原來你未出娘胎，就已經遨遊太空！」

白素握住了我的手：「別說這種佻皮話——接下來發生的事十分難推測，已知的是，我一出世，就落在爹的手上，是我媽送回去的，我認為他們兩人自那天起，就沒有再見過面！」

我也皺眉：「她難道一直……在飛船上？」

白素緩緩搖頭：「最合理的推測，是外星人把她帶到了人類足迹無法到達之處——靈猴聚居的大峭壁之上，她在那裏，成了靈猴的主人。」

我想了一想，她的這個假設可以接受。

於是，就有了下一個的設想：白老大在愛妻不見之後，自然傷心欲絕，可是他也知道，事情其實很容易解釋，所以他一直在苗疆等，自然也一定有大規模的搜尋。

這段時間，幾乎有半年之久，白老大自然痛苦莫名，度日如年，不知是怎麼熬過來的！而他和陳大小姐的感情深厚，一想到她雖然有絕頂武功，卻身懷六甲，不知流落何方，又有着這樣的誤會，一定也是傷心欲絕，那更令他心如刀割，空有一身本領，也無法消滅心頭的痛楚！

在一開始時，白老大必然還希望大小姐會現身，聽他的解釋，可是等待的結果，卻是大小姐送回了才生下的女嬰，自己仍不現身，竟然連一個解釋的機會都不給白老大！可想而知，白老大在悲傷之餘，也不免會犯了性子——他一樣也是個心高氣傲之人，也不免責怪大小姐太不肯轉圜，不留餘地，所以才絕了希望，帶着一雙兒女，懷着極大的哀痛，離開了苗疆，在離開的途中，他又出手救了殷大德！

一幅巨大的拼圖，到現在，已經接近完工了！

上次，白老大酒後吐真言，說了「救命之恩無以為報」之後，現出歡暢甜蜜之極的神情，自然是憶想他和陳大小姐雙雙進入苗疆之後，那兩年多的快樂時光，那是只羨鴛鴦不羨仙的好日子，風光之旖旎、甜蜜，可想而知。他仍在與世隔絕、風景秀麗的苗疆，和苗人在一起，男歡女愛之餘，又出手管苗疆的一些事，贏得了「陽光土司」的美名，真可以說快意人生。

可是，突然之間變故陡生，而且，變故之生，來得如此莫名其妙，就像是好好地走着路，就忽然一腳踏空，踏進了一個萬丈深淵，就此再也不能翻身！

所以白老大憶想到後來，笑容忽然僵凝，變得愁苦無比，雙目流淚！而當年的遭遇既然如此慘痛，那自然令得他再也不願提起——情形一如我們的女兒，叫人抱走之後，我們出於巨大的傷痛，絕不想提起！

白老大可能未曾把陳大小姐和那兩個外星人聯想在一起——事實上，陳大小姐是遇到了外星人，才能到靈猴聚居處，也只是我們的猜想。也或許，他也想到了的。而他對那一段生活絕口不提，我們自然也無法知道他的真正想法如何。

屏住了氣息好一會，我才道：「圖，拼得差不多了！」

白素緩緩點了點頭。我道：「可是，我仍然不明白，為什麼木蘭花把這些資料告訴你之後，你不立刻轉告我。」

白素幽幽嘆了一聲：「你不明白一個做女兒的心情，我知道了……大小姐她是在滿懷怨恨之下和爹分開的，過了半年之久，只把我送回去，自己仍然堅持不肯和爹見面，可知她心中的恨意之深！」

我揚眉道：「那又怎樣？」

白素一字一頓：「一個懷恨如此之深的女性，可以做出任何可怕的破壞行為，是一個極度危險的人物，在經過了那麼長久日子的懷恨之後，她的心理狀態，也一定十分不正常，而這樣的一個女人，卻又正是我的母親，所以我不願意提起她。」

我想了一想：「這理由不夠充分，你一定還有隱秘的理由在。」

白素立時道：「是，我和木蘭花在討論之中，木蘭花握住了我的手，提起了我們的小人兒被人抱走的事，她對我分析了……大小姐的心理，推測大小姐曾離開苗疆，回到文明社會，出於一種乖張的心理狀態的主使，把小人兒抱走了！」

聽得白素這樣說法，我張大了口，一時之間，非但出不了聲，而且出氣多，入氣少，幾乎沒有昏厥過去。

我算是一個想像力豐富無比的人了，可是也不得不承認木蘭花的想像力比我更豐富。她竟然把兩件事聯到了一起，作出了這樣的假設。

抱走了我們小女兒的，是我們小女兒的外婆！

難怪白素會說什麼「她一被人抱走，就帶到了苗疆」，難怪白素會一見女野人紅綾，就當作是自己的女兒，原來木蘭花的話，形成了她的先入之見。

木蘭花既然有這樣的推測，白素自然不能把她的話向我轉述，因為一說出來，就會把我掩飾得好好的傷口扯開來——至於現在仍然非扯開不可，那自然和發現了紅綾有關。如果紅綾永遠不出現，白素也永遠不會將木蘭花所說的話告訴我。

白素這樣做很對，但是我仍然一個勁兒搖頭，我搖頭，是否定木蘭花的假設。

白素也不理會我的態度如何，自顧自道：「當年變故發生，鬧得天下皆知，江湖上有許多我們並不認識的人，都在暗中替我們出力，也有不少黑道中人，一樣想把小人兒找出來——我們雖然沒有公開懸賞，但是誰都知道，一旦把衛斯理的女兒找了出來，那所得的報酬，必然終生受用，比什麼都好！」

我悶哼了一聲，心中又是一陣扯痛，那一年之間上窮碧落下黃泉地搜尋，照說，就算是一隻螞蟻，也找出來了，可就是連影子都沒有，這才真正神秘莫測！

白素又道：「在見大滿老九之前，木蘭花的一個親戚無意之中說起當年的一件遭遇來，當時木蘭花聽了就算，但等到聽到了大滿老九和鐵頭娘子的事情之後，才覺得兩件事可以湊在一起。」

我也不禁緊張起來：「那親戚……遇到的是什麼事？」

白素吸了一口氣：「那人是雲家五兄弟中的老大，當年旋風神偷的傳人。」

我也吸了一口氣，雲家五兄弟的名頭，我自然聽到過，他們如今坐世界頂尖尖端工業的第一把交椅，其中的老四，雲四風，娶了木蘭花的妹妹，所以，雲家和木蘭花的關係密切無比，在《錯手》、《真相》這兩個故事中出現過的那艘「兄弟姊妹號」，就屬於他們所有。

白素望着我，我向她點了點頭，示意她可以繼續說下去，她道：「當年的事十分怪異，雲一風有事在重慶，在憑窗遠眺之際，忽然看到有人影一掠而過，是一個夜行人，手中還提着一個包袱，看來是方從什麼地方得了手回來的一個飛賊，雲一風本是飛賊世家，乃父是號稱天下第一的旋風神偷，家學淵源，身手自然不凡，一見這等情形，一時技癢，便立時穿窗而出，跟了上去。」

雲一風才跟上去時，以為那只不過是小毛賊，可是一開始跟，他立刻就知道，對方的身手高絕，只在他之上，不在他之下。

這令得雲一風又是吃驚，又是刺激。天下飛賊，從南到北，是什麼家數，雲一風無不了然於胸，卻不知道還有這樣的高手在，他倉猝出來，純粹是為了一時之趣，也沒有換夜行衣，仗着藝高人膽大，也沒有什麼惡意，以為可以和對方結交一下。可是一發現了對方的身手如此之高，他就想到自己可能會糟。

可是已經跟了上去，若是就此打退堂鼓，那也未免太對不起自己了。

所以他小心翼翼，不敢怠慢，仍是跟着，也不知對方是否已經發覺。

跟了一程，前面那人上了山，雲一風心中又暗暗吃驚，因為他知道，在那一帶的山上，全是達官貴人的居住之所，看來前面那個飛賊的胃口不小。

及至跟到了一幢洋房之外，那飛賊身形如飛，就翻過了圍牆，牆上裝着老高的鐵絲網，看來屋主人的防範功夫也做得很足。

雲一風也跟着越過了牆，卻見前面那人把手中的包袱放在屋子的牆腳下，人已颼颼地上了牆，那一手「壁虎遊牆功」，看得雲一風目瞪口呆，絕想不到世上還有什麼人有此絕技。

雲一風這時對那個飛賊已是佩服得五體投地，他眼看對方在窗前略停了一停，就弄開了窗子，閃身進去。他且不跟進去，在牆腳下等着，好奇心起，伸手去摸了一下那個包袱。

要能有「神偷」的稱號，就要有隔着多厚的包袱，都一下子摸得出裏面是什麼的本領，雲一風伸手一摸，就打了一個愣，他摸出來的結果，是那包袱之中的物事，是一個頭！一個動物的頭！

雲一風心頭亂跳，就在這時，只聽得樓上，吆喝聲、槍聲，一起傳出來，緊接着，那飛賊穿窗而出，手中又提着一個圓形的布包，一落地，看到了雲一風，呆了一呆，也真夠鎮定，伸手道：「給我！」

一開口，竟是一個女子的聲音，雲一風把包袱遞了給她。

第十四部

搖到外婆橋

就這一個耽擱，樓上樓下，燈火通明，人聲嘈雜之中，聽得有人在叫：「長官的頭不見了！」叫聲淒厲可怖之極，還有在胡亂放射的槍聲。

雲一風向左首一指：「你從那邊走！」

他話一出口，人已向右首疾掠了出去，身形快絕，而且高叫：「殺人者在此！」

他在這樣做的時候，已經知道這女人手中提的，竟然是兩顆人頭！他對這女人的來龍去脈，一無所知，只是感到她身手如此了得，所以才義助她一臂，當然，也有在她面前炫耀一下自己身手的用意在。

他一叫一躍，所有的目標，都集中在他的身上，他彈起之後，在半空之中，連翻了四個筋斗，愈翻愈高，竟然未曾落地，就翻出了牆去，那是他們雲家的絕技「雲裏翻飛」，守衛屋子的那些衛隊，見了這等身手，都驚得呆了，竟人人都忘了開槍。

雲一風再膽大，在險死還生之後，也不敢多逗留，一溜煙回到了棲身的旅館，坐定之後，喝了一口酒，才覺得自己剛才的遭遇之奇，竟是得未曾有！

雲一風怎麼也想不出那女人的來歷，也想不到還會再見到她，只好當作是奇遇一件。

可是第二天一早，旅館茶房拍門，說是有人邀請在不遠處的一家西餐廳吃大茶，茶房帶來的字條上，十分秀麗的字迹，寫着：「宵來荷蒙義助，雲家風範，不同凡響，能屈駕一晤否？」

這樣的相邀，當然要去赴約。他走進了那家豪華餐廳的一個獨立房間，就看到一位女士，盈盈起立。雲一風一看之下，整個人如同遭到電殛一樣！

木蘭花把他在敘述這件事時對這位女士的形容，一字不易，保留語氣地轉述了出來：「這……眼前的那女士，容顏美麗得叫人窒息，她並不年輕，但也決計不老……很難……她有一股仙氣，天上的仙女，哪分什麼老少？就應該是這個樣子。她目如流星，向我一笑，我就站在那裏，動也不能動，不相信天下竟有這樣的美人！」

木蘭花是先向白素說了有關大滿和鐵頭娘子的事情之後，再說雲一風的遭遇的，次序和白素告訴我時一樣，所以我的反應也和白素當時的反應一樣。

我失聲叫：「陳大小姐？」

我叫了之後，又問：「這是哪一年哪一月哪一天的事？」

白素當時也曾這樣問木蘭花，所以她能立刻回答我的問題：「就是我們的小人兒被人抱走之前的十九天。」

我默然片刻，雲一風遇到的陳大小姐，應該已是四十歲外了，但若是天生麗質，自然也一樣可以艷光照人。雲一風形容她有「一身仙氣」，鐵頭娘子當年在江邊見到她，也說她是「天仙一樣的妹子」，可見陳大小姐確然是一位美人。

當時，雲一風明知失態，但也不能克制自己，行動言語，都有點失魂落魄，有一些小節，連想都想不起來。他先是一個勁兒搖頭，因為絕難把眼前的仙女和兩顆血淋淋的人頭，聯想在一起。

陳大小姐（那「仙女」自然就是陳大小姐）請雲一風坐下，親手替他斟了洋酒，介紹自己：「我姓陳，昨晚手刃了兩個殺父仇人——他們本是先父手下，卻聯手殺害了先父。事情已過去很多年了，我一直在苗疆人迹不到處隱居逾二十年，所以並不知道，直到最近方知，仇人還有很多，但是就找兩個首惡算了！」

雲一風對這種為父報仇的事，並不表示驚訝，他當時問的是：「何以竟要在人迹不到處隱居二十年？」

陳大小姐見問，長嘆一聲，並不回答。這一聲長嘆，據雲一風的叙述是

「長嘆聲把我的五臟六腑，一起抽了出來」，即然有了這樣的感覺，雲一風的行動，不免大是失常，他一伸手，按住了陳大小姐的手，雖然沒有言語，但是那臉容，那眼神，也就道盡了欽羨仰慕愛戀之情！

我聽到這裏，不禁連聲道：「該死！該死！雲一風竟吃我岳母大人的豆腐！」

白素瞪了我一眼：「不是吃豆腐，是她真有能叫人一見傾心的魅力！」

我忙道：「是！是！有其母必有其女，你也一樣有這樣的魅力！」

白素嘆了一聲：「別打岔，快到緊要關頭了！」

雲一風的行動顯然也出乎陳大小姐的意料之外，因為那時雲一風應該年輕得多。陳大小姐慢慢地抽回手來，及在雲一風的手背上輕拍一下，又長嘆了一聲，自言自語道：「我已是做了外婆的人，聽説是個外孫女兒，這裏的事情一完，我就去看看我的外孫女兒！」

雲一風自然不信：「開什麼玩笑！你——」

他本來想掏心掏肺，想幾句話出來恭維一下，可是話還沒有出口，卻忽然看到陳大小姐現出了極其悽苦的神情，令他也為之鼻酸。

接着，陳大小姐的神情在悽苦之中又透出了恨意，苦和恨交織，卻又不失美麗，看得雲一風呆了，用他的話說是「從來也未曾看到過一個人的臉上，尤其是那麼美麗的臉上，可以現出那麼豐富的表情來，像是一生的悲歡離合、樂和怒、愛和恨，全都一下子湧了出來，唉！這情形一直深印在我的腦海之中，可惜我沒有繪畫的本事，不然，就畫出來讓你們看看！」

陳大小姐由於心情激動，甚至不再理會雲一風，以一方絲帕遮住了臉，逕自離去，留着雲一風獨自在那裏發楞，成了雲一風生命中的一宗奇遇。

後來，一風把事情說了出來，木蘭花聽了，當然絕無法把這件事和我發生聯繫，直到若干年之後，她又聽到了大滿老九和鐵頭娘子的事，聽到了白老大和陳大小姐的事，她才陡然想起雲一風的奇遇和我有極大的關係，那個「聽說是外孫女兒」的，極可能是我的女兒，所以她才和白素聯絡，要求見面！

當白素說到這裏時，我雙手抱着頭，只覺得疲倦之極，我掙扎了好一會，才道：「拼圖完成了！」

白素的回答是：「就算不是百分百完成，也完成了百分之九十九！」

我苦笑：「素，我和你其實是所有錯綜複雜的事件之中最大的受害者！」

事情發展到這地步，我們的小人兒，是叫陳大小姐，也就是她的外婆抱走的，自然再無疑問！

陳大小姐受了傷痛之極的打擊，心理自然不正常，她不肯和白老大相見，但還能把女兒送回去，可知那時，她還不是太不平衡。及至「在人迹不到處隱居逾二十年」之後，她外觀雖然仍是絕色佳人，但心理上的不平衡，一定發展到了駭人的地步。

她口中的「去看看外孫女兒」，就是穿窗而入，把「小人兒」抱走——也只有她，才會有那麼好的身手，白老大倒是一眼就看出那是一個武功絕高的高手所為，但他也想不到會是陳大小姐！

陳大小姐為什麼要抱走我們的女兒呢？後來我和人討論，好幾個心理學家都說，那是基於極其複雜的心理因素，她又有愛，又有恨，知道抱走小人兒，會給我們帶來痛苦，也會給白老大帶來痛苦，那是一種復仇心理的宣泄。

也或許，她以為自己本領高強，把小人兒帶走，可以使小人兒日子過得更好。更或許，她生活寂寞，需要有人作伴。

心理學家又說，基於這種複雜的心理因素所產生的行動，連行動者本身都無法說得出一個明明白白的原因來，別說旁人加以推測了！

當時，我曾很生氣：「你們這些所謂心理學家，說了等於不說，全是廢話！」

心理學家們一起嘆氣：「本來就是，人的心理如此複雜，誰能說得明白！」

這是後話，當時我對白素說我們受的傷害最大，意思是指我們最無辜，事情和我們根本一點關係也沒有，可是卻使我們遭到了失女之痛，幾乎發狂！

白素苦笑：「凡事都有因果，我既然是他們的女兒，你既然是我的丈夫，自然也脫不了干係。」

我又指着她：「你一聽得木蘭花那樣說，就應該立刻告訴我！」

白素嘆了一聲：「不錯，我聽了木蘭花的話，就已經明白當年女兒失蹤是怎麼一回事，可是怎麼對你說呢？你把自己掩飾得那麼好，說了，上哪兒去找陳大小姐和女兒？不是徒增痛苦嗎？所以我只好不說，自己暗中進行，卻又一點結果也沒有，直到在苗疆，忽然見到了這樣的一個女野人，我才知道，皇天不負苦心人——」

她說到這裏，淚水已滾滾而下，那自然是由於激動和高興，我也鼻子發酸，心情激動，所以最後那句話，我是和她一起叫出來的：「——我們終於得回了女兒！」

一起叫了這句話之後，我和白素略停了一停，又緊擁在一起叫：「還等什麼？」

一秒鐘也不想等，自然是為了爭取盡快到藍家峒去，見我們的女兒。和白素一起離開的時候，並沒有通知任何人，因為若是給溫寶裕知道，被他纏着問長問短，千頭萬緒的來龍去脈，如何能在短時間內向他說清楚？

我們只是和在學降頭術的藍絲取得了聯絡，請她立刻到藍家峒，帶了紅綾，駕杜令留下來的那架直升機，到機場來接我們，那樣，我們可以第一時間見到女兒了。

白素對此舉有過反對，她怕紅綾在直升機上會闖禍，我大聲抗議：「不公平，你和她相處了五個月，自然不那麼急於見她！」

白素抿着嘴笑：「聽說我要把紅綾帶回來，就如臨大敵的是什麼人？」

我理直氣壯：「此一時彼一時也，知道了是自己的女兒，當然大不相同。」

我曾有過許多次快樂的旅途，但自然以這次為最。我也曾有過很多次等待，但也以這次等待最心焦——直升機從藍家峒飛來快，藍絲趕赴藍家峒，以她之能，也得要兩三天的時間。

在等待期間，我和白素又討論了許多問題，放在最後再說。

兩天之後，直升機降落在機場的一個角落，白素望着我，做了一個鬼臉，我攤了攤手：「應該是怎麼一個場面？我該做些什麼？」

別說我們根本沒有準備，就算有，也保證一點也用不上。紅綾不脫野人本色，行事完全不依常規，直升機艙門一打開，就看到兩白一紅，三條人影，一起飛撲而出，來勢快絕。

我正在驚訝，除了紅綾之外，誰還有那麼好的身手？莫非是良辰美景到了？可是她們除了紅色之外，絕不穿別的顏色，另外兩人一身白色，不會是她們。

正在疑惑間，白素已迎了上去，和疾撲而來的紅綾，緊緊抱在一起，兩人都發出了一陣陣表示歡樂的聲音，另外那兩個人，也停了下來，跳躍不已，我這才看清楚，那兩個不是人，而是一種猿猴，全身白色，長手長腳，雖然是猿猴，但也看來頗為不凡。

然後，這才看到藍絲出了機艙，急急向前奔了過來，一面揚手叫我，我向她迎了上去，她大搖其頭：「紅綾一定要把兩頭靈猴帶來，她說，是那一對靈猴養大她的，才從深山中來，可不能拋下牠們。」

這時，白素也已把紅綾推開了一些，指着我，示意紅綾看我。紅綾睜大了眼睛，向我望來，白素多半已在她的耳際，向她說明了我的身分，可是我懷疑她會不會有倫理觀念，知不知道父母和她是一種什麼樣的關係。

紅綾望向我的眼神有點怪，她慢慢向我走來，那兩隻靈猴，緊跟在她身後，我也慢慢的向她走去，只覺得鼻子之中，一陣陣發酸。

在一旁的藍絲，一下子就看出了事情十分怪異，她疾聲問：「怎麼啦？」

我回答了她一句：「紅綾是我們的女兒。」

任憑藍絲這個小苗女如何聰明伶俐，她也無法一下子就聽懂我的話，她只是呆呆地站着。

我和紅綾走到了近前，互相對望着，我雙眼潤濕，又從她的雙眼之中，看到了一種異樣的神采，可是也帶着迷惘。我伸出雙手，她也伸出雙手來。當我們雙手互握之際，我感到我和她，都有輕微的震動，或許是我們的血緣關係，在這時起了奇妙的作用，她也頓時之間，覺出了我是她的親人，所以她把我的手握得更緊。

接着，她說了一番話，相信世上再無一對父女，自小失散之後相會，會有這樣的一番話。她開口說話，語音還不免有點生澀，但我已在錄影帶上，習慣了她這樣的語調，這時，白素也來到了我的身邊，所以她的話是對我們兩個人說的。

她道：「你們是我的……父母？我不是很懂，我知道你們是……親人，我見到你，見到你，就覺得心中高興，就像見到了牠們一樣！」

她在說到「見到你」和「見到你」時，用手指白素，又指我。在說到最後一句時，雙臂一伸，就摟住了身邊兩頭靈猴的頸，流露出一種自然親愛的神情。

我和白素互望了一眼。我們都知道，要她在短時間接受父母是一種什麼關係，是十分困難的事，她能說出這番話來，已經是不容易之極了！

當然，我們看到她和靈猴攬頸摟頭的親熱神態，心中不免有些妒嫉。

可是就在這時，她忽然發出了一下呼叫聲，向我們撲了過來，雙臂伸處，也同時攬住了我們兩個人，剎那之間，我只覺得一股暖流，流向全身，而在雙眼之中，湧了出來，看白素時，也一樣熱淚盈眶。

我們也緊緊抱着她，經過了那麼多年，我們的「小人兒」又回到了我們的懷中，雖然她已變成了如此茁壯的一個女青年，但她實實在在是我們的女兒，毫無疑問！

就在這時，藍絲在一旁叫了起來：「祖師神爺，紅綾真是你們的女兒！」

我一聽，也不顧得抹淚，就向藍絲看去。因為她在叫出那一句話之前，先叫了「祖師神爺」，那是他們降頭師尊奉的神，一如魯班之於木匠，若不是十分驚詫或感到事態嚴重，不會這樣叫的。

藍絲正用手指着我們，神情訝異之極。我和白素都知道她有過人之能，異口同聲地問：「你知道？」

藍絲用力點頭：「我知道，只有父母子女，才會有那樣的情形！」

藍絲卻無法解釋那是什麼情形，相信那只是她作為降頭師的一種直覺或異能。

接着，她眼睛發紅，走過來握住了紅綾的手：「你才好呢，你有父母！」

紅綾顯然不明白藍絲為什麼要傷心，她道：「父母，你要，給你！」

藍絲忙道：「父母怎能亂給人？」

紅綾不明白：「為什麼不可以？」

接下來的時間中，紅綾和藍絲就不停地說着話，快得人根本聽不清她們在說什麼，我和白素手握着手，心滿意足地看着紅綾，她濃眉大眼，壯健如松，大手大腳，絕不美麗，但是卻可愛之極。

機場的管理人員，我們的朋友陳耳高級軍官也來了，看到了這樣的場面，無不目瞪口呆。我知道不宜久留，就大聲道：「回藍家峒再說！」

於是，我們一行人等，就擠上了那架直升機，仍由藍絲駕駛，我、白素、紅綾，和那一雙在紅綾的心目中，地位和父母對等的靈猴，擠在一起，兩雙猴眼，不住用十分好奇的眼光打量我們，多半在懷疑我們何以能和牠們有同樣的地位！

直升機向藍家峒飛去，白素和紅綾不斷在說話。紅綾由於學說話學得太急，所以說話不依常規，有一些話，也只有白素才聽得明白，就像所有母親都懂得嬰兒牙牙學語時的話一樣。

白素在問紅綾這一對靈猴是什麼時候來的，因為她上次走的時候，沒有見過。紅綾神情高興，說是「別的猴子帶來的，不見牠們，也有很久了，可是一見牠們，還是認識，小時候，和牠們在一起」。

我開始聽得津津有味，還只是因為有趣，可是陡然之間，我心中一動，立時對白素道：「靈猴聚居之處，人迹難到，直升機總可以飛得到，何不請這一雙靈猴指點，我們去那裏看看？」

白素先是一怔，但立時怦然心動，因為陳大小姐曾和靈猴在一起，靈猴的聚居處，也就是陳大小姐曾經居住的所在！

白素立時問紅綾：「牠們來的地方，我們想去，牠們認識？」

紅綾點頭：「當然認識！」

她還真的通曉「猴語」——後來我研究，在猴語之中，相當重要的部分是「手語」，當時紅綾和靈猴，就一面吱喳，一面大做各種手勢。

過了一會，紅綾才點頭：「牠們認識，牠們說，牠們不是第一次上去，上過很多次！」

靈猴再靈，也不能飛上天，當時紅綾這樣說，我們自然只是置之一笑。但忽然之間，事情有了這樣的進展，自然叫人高興。接下來，靈猴指手劃腳，紅綾傳達着牠們的意思，藍絲聽命行事。

杜令留下的直升機性能雖好，可是在越過幾座崇山峻嶺時，還是由於強烈氣流的緣故，而機身劇烈搖擺，相信普通的直升機，就經不起這樣的考驗。

直升機終於在一座極高的高峰上空盤旋——那山峰和四周圍的山峰相比

較，其實不是最高，但是卻陡上陡下，簡直如同一塊四面全削平了的大石，所以格外覺得又險又高，而且它又隱藏在許多山巒之中，所以也隱蔽之極，不容易發現。

那山峰的頂上，十分平整，是一個天然的大石坪。紅綾先是大叫一聲：「到了！」

接着，她側頭想了一想，神情遲疑：「這裏，我來過，我知道！」

藍絲令直升機下降，還未曾降落，我和白素都看到，在那大石坪的一邊，另一座小山峰之下，有着建築物！

我向白素望去，看到白素口唇掀動，想說什麼，但卻沒有發出聲音來。

我也不禁心跳加劇，因為若是忽然自那建築物之中，走出一個神仙一樣的老婦人來，只怕我也負荷不了這樣的大刺激。

結果，這種刺激性的場面，並沒有出現，我不由自主鬆了一口氣，白素卻有着顯然的失望——自那建築物中，衝出來的是幾十頭靈猴，毛色有深有淺，但並無白色，機艙門一打開，紅綾和那一對靈猴，就飛撲而下，混進了猴群之中。

紅綾雖然穿戴是標準的苗女，可是一進猴群，和靈猴就混為一體，絕無隔閿，她畢竟是和靈猴一起長大的！

紅綾和群猴胡混了片刻，又跳過來，拉住了我們的手，走進那建築物去。我也打量了那建築物，全是用方整的石塊造成的，看來就地取材，開山鑿石而建。進去之後，十分寬敞，也沒有間隔，有的只是許多樹枝搭成的巢穴，那是靈猴搭來居住的。

我們都知道，靈猴再靈，也無法開山劈石，那麼，這屋又是誰造的？陳大小姐也無法有這樣的神通。

我們又充滿了新的疑惑，四面看看，也同時看到了在一面的石壁上，有一些字寫着，我和白素急急走過去看，看清了寫的字，都不禁呆了！

在石牆上寫的並不是什麼驚人的語句，可是看在我們的眼中，所帶來的巨大震撼，還是難以形容！

字迹可能是用動物的血寫上去的，寫的是一首全中國人都知道的兒歌：

「搖搖搖，搖到外婆橋，

外婆叫我好寶寶，

糖一包，餅一包，

搖搖搖，搖到外婆橋！」

我和白素不知呆立了多久，紅綾顯然不知道我們為什麼要發呆，她伸手摸着牆上的字，若有所思，可是她無法記起任何事，因為當時，她太小了，而靈猴究竟不是人，無法向她敘述她幼年時的事。

我和白素閉上眼，想像陳大小姐在這裏，抱着我們的小人兒，一面搖着，一面哼這首兒歌的情景。

我們兩人的神情，一定十分古怪，所以令得紅綾和一群猴子，居然也靜了下來。

等到我們再睜開眼來，看到紅綾正俯着身，卻又昂起了頭，用極其疑惑的神情望向我們。我和白素同時長嘆一聲——這其間的曲折變化，就算紅綾天資聰穎，只怕三五年之內，她也不容易明白。

藍絲也用疑惑的眼光望着我們，她向一個小小的方形窗口指了一指，我和白素循她所指看去，看到窗外的一大幅石坪上，有着一大一小兩個圓形的圓圈，大的直徑約有二十公尺，小的在大的中間，是兩個同心圓，直徑約十公尺左右。形成圓形的是一種黑色的焦痕。

我和白素互望一眼，立時想起大滿、鐵頭娘子和白老大見到過的那發出火光的宇宙飛船，那飛船在降落之後，看起來像一隻「大鐵餅」！

宇宙飛船和船上的兩個人，確然曾和陳大小姐有過接觸，但是他們之間的聯繫到了什麼程度，就不得而知了。

看來陳大小姐一定又出了變故，而且變故一定是她把「小人兒」抱回來不久就發生的，所以紅綾對於她自己何以會淪落為女野人，一點記憶也沒有！

發生在陳大小姐身上的變化，一定十分可怕，以致令得她無法再照顧小人兒！

白素靠在我的身上，喃喃地道：「我要把她……找出來……已經有很多的線索，不會是什麼難事！」

她的情緒十分激動，因為事情和她的母親有關。我比較冷靜，知道根本一點線索也沒有，要找陳大小姐，比大海撈針更難！

但是在這樣的情形下，我能說什麼呢？我只好道：「好，還是我們一起進行！」

白素知道我只是在安慰她，所以她嘆了一聲，感激地望了我一眼。紅綾在這時乖乖地走過來，小心地問我們：「我可以和靈猴玩玩嗎？」

她語調生硬，可是那實在是世上最好聽的人聲。

尾聲：人生歷程一如探險

經過討論，白素還是聽從了我的意見，把紅綾暫時留在苗疆，我和白素，輪流或一起陪她，盡量向她灌輸現代知識。我曾想過，就讓紅綾在苗疆生活，可能更適合。可是已經來不及了，她在白素那裏知道除了這裏的崇山峻嶺之外，另有廣闊的天地，豈甘就此住在山中算數。

她答應我們努力學習，我們答應她盡快把她帶離苗疆。

陳大小姐究竟遭到了什麼樣的變故，以及陳二小姐帶了人入苗疆，何以竟然就此音信全無，都無法知道。當然，那又是另外兩個故事，可能更出人意表，也可能平平無奇，是不是能把它發掘出來，只好看機緣如何，很難去刻意尋求。

又過了若干時日，我和白素，千方百計找到了白奇偉，把一切都告訴他，種種經過，有一大半白奇偉不知道，直把他聽得目瞪口呆，聽完之後，他第一句話就道：「找老頭子去！」

「老頭子」是一定要找的，但白素的主張是：「很應該去看看他老人家，但不必對他說什麼，何必再勾起他慘痛的回憶？」

我和白奇偉勉強同意。於是，在法國南部，空氣中充滿了乾草乾花的香味，在和煦的陽光下，各自轉動酒杯的時候，我們並沒有說什麼，倒是白老大看出了一些古怪處，所以追問我們：「在搗什麼鬼？」

他在苗疆的生活，我們都已知道——拼圖已經完成。那些不知道的部分，是連白老大也不知道的，是另外一幅拼圖，陳大小姐竟就此未曾再和他見過面，性子之烈，到了難以想像的地步。

我們沒有回答，只是望着他，他閉上眼睛，在陽光之下，他的白髮白眉白鬍，閃閃生光，不論他當年獨闖袍哥總壇時，是如何天神一樣的勇猛，現在也畢竟老了。

在沉默了一會之後，他忽然緩緩地道：「人生的道路，我快走到盡頭，你們也走了許久。可曾覺得人的一生，一如在不可測的環境之中探險？」

白素握住了白老大的手，白老大嘆了一聲：「每前進一步，就是說每過一分一秒，都不知前面有什麼，會發生什麼事，會有什麼樣的陷阱和危險在等着你，全然不可測，再意外的變故，都可以在一剎那發生，而在事先，一無所覺！可以忽然失足跌入深淵，也可以突然飛上天空。」

我也十分感慨：「可是既然踏上了生命路，總得一直走下去！」

白老大睜開眼來：「是啊，每一個人的生命歷程都一樣，每一個人都是探險家，面對種種不可測的危機，探險，繼續探險，不斷遭遇變故，也不斷遭遇驚喜，沒有人會是例外！」

他這種說法，我們都很同意。可是他忽然話鋒一轉，一口喝乾了杯中的酒，喝道：「好，這次你們給我帶來的是什麼？」

原來我們的神情古裏古怪，還是給他看出來了。

白素首先再難掩飾，她叫了起來：「爹，我們的小人兒找回來了！」

白老大陡然坐直身子，老大的身軀，竟在劇烈發着抖，張大了口，聲音嘶啞，問：「那麼……她呢？」

一聽得這四個字，我們心中雪亮：知道他是早明白「小人兒」是叫什麼人抱走的，難怪他後來對我放棄追尋，並不反對！外婆的心理再不平衡，也不會加害外孫女兒！

自然，又有許多往事要重複，有許多欷歔聲和許多的感嘆。

一直爭着說話到滿天星斗，才告一段落，白老大長嘆一聲：「人生無常！她可能跟外星人走了！」

逗留了三天，和白老大告別，回到住所，溫寶裕正在團團亂轉，他已經知道了一切經過，一見我就道：「老人家怎樣說？」

我沒有立刻回答，他大叫起來：「要不是我到苗疆去盤天梯，你們怎能一家團聚？」

白素笑：「好，你是大恩人，我這就到苗疆去，你有什麼話要我帶給藍絲？」

溫寶裕叫：「我也去，去看看衛紅綾。唉，當時，就算用苗刀把我的頭，砍成八八六十四瓣，我也想不到這女野人會有這樣的來歷！」

是的，誰想得到呢？正是白老大所說，人生歷程一如探險，前路全不可測，什麼樣的變化，都會發生！

（全文完）

衛斯理小說典藏版　42

繼 續 探 險

作　　者：　衛斯理（倪匡）
責任編輯：　黎倩雲　林詠群　常嘉寧
封面設計：　李錦興
出　　版：　明窗出版社
發　　行：　明報出版社有限公司
香港柴灣嘉業街18號
明報工業中心A座15樓
電　　話：　2595 3215
傳　　真：　2898 2646
網　　址：　https://books.mingpao.com/
電子郵箱：　mpp@mingpao.com
版　　次：　二〇二二年七月初版
I S B N：　978-988-8688-90-6
承　　印：　美雅印刷製本有限公司

© 版權所有・翻印必究

本書之內容僅代表作者個人觀點及意見，並不代表本出版社的立場。本出版社已力求所刊載內容準確，惟該等內容只供參考，本出版社不能擔保或保證內容全部正確或詳盡，並且不會就任何因本書而引致或所涉及的損失或損害承擔任何法律責任。